でも僕は前を向く

大橋巨泉
Ohashi Kyosen

a pilot of wisdom

はじめに

父の考え方は、僕の血肉になっている。母の存在は人生を左右した。

そして、学校や仕事で出会った先生、師、友人などから学んだ人生の判断の仕方も多い。

僕の八〇年の人生は、適当に調子よくやってきたように思っている人も多いかもしれないけれど、そうではない。

たとえば、第六章にも書いたけれど、僕自身は天才の反対側で生きてきた人間だと思っている。

早稲田大学の俳句研究会で「天才」寺山修司に出会って、僕は俳句のプロになるのを断念した。それでも、何か書く仕事につきたくて、四〇〇字詰めの原稿用紙一枚一〇〇円という、当時としても最低の原稿料からものかき人生を始めた。最初に雑誌に掲載されたときの「ジャズ評論家・大橋巨泉」という文字はいまも忘れられない。

あるいは、放送の世界に移ってからも、多くの天才、俊才に出会ってきた。僕が持ち合わせていない才能の煌《きら》めきを目撃してきた。そうしたなかで、僕にもし才能があったとしたら、それは、台本がなくてもいくらでも話ができる、その場を仕切ることができる、といったことぐらいだろう。

自分の会社も幾つかつくったけれど、僕自身は社長というものになったことがない。それは、その才能のある者がやればいい。

僕はただ、ひたすら働き者だっただけである。

振り返ってみれば、子どもの頃から、幾つかの大きな人生の転機があったようだ。それは、過ぎてみて、あれが人生の曲がり角だったんだと思うようなことなのだが、そのときどきに出会ったいい言葉、いいエピソードに導かれ、支えられて、その都度、前を向いて生き抜いてきた、という実感がある。

でも、そのすべてについて、そのときにすぐ、それが「いい言葉」であり、「いい話」だと気づいたわけではない。

だからこそ、いま、こんなときどうしよう、ああなったらどうしようと悩み、迷っている君がいたら、こんな言葉があるよ、こんな話があるよ、と聞かせてあげたいと思う。

それは、いってみれば、人生のスタンダード、人生を生き抜く底力、前を向く力、希望の力の源泉なんだからね。

目次

東京にいたら、僕は多分空襲で焼死していた
「この戦争で若者が犬死する」と言った父に僕は殴りかかった
「いまにわかる。いまにわかる」
「もし神風が吹いたって、B29はその上からくるんだぜ」
再生と希望と「前を向く力」

第三章 「金」

人生の「現実」を学ぶ
「親子なんて、たまたまそうなっただけだ」

「兄弟だ、親戚だって、甘ったれるんじゃねえ」

「ほっときゃいいんだよ」

「せがれから利子なんか取るわけねえだろう」

「やりたいことは、自分が稼いだ金でやれ」

「ただの水」に大金を払った父
ねちねちしない、ぐずぐずしない。人生を律する下町コード

第四章 「覚悟」

いじめにあったのは、生意気で東京っ子だったからか？
「お前をやった奴を殺して私も死ぬ」と母は言った
親の覚悟が子どもに与える影響
「お前は半人前だから責任の半分は親にある」と言える覚悟
わが師、山口瞳先生の「非戦」の覚悟
「ものごとは一方から見るだけではダメだ」
早稲田大学中退。学歴を捨てる覚悟
校則や体罰のくだらなさ
恩師、前田治男先生との出会い
学歴は持っていて悪いものではない
勉強はやりたい科目をやればいい
ラッキーにも助けられて合格したが
化学の授業で啖呵を切って教室を出た
「今回の人生では」大学を卒業しない

仕事が「楽しみ」なら人生は楽園である
「天にも昇る気持ち」を知っているか
天才の反対側で生きて
人生のスタンダード

あとがきにかえて

「空気」が人を殺す
自己犠牲を強いる空気
「考えること」こそ力である
全部を取ろうとしてはいけない
緊急ガン手術——それでも前を向く

第一章　「運」

人が持っている「運」の総量は決まっている

「僕はツイてない」とか「俺の人生は不運なことばかりだ」などといって、自分の行動、生き方、人生の選択について、「運」や「ツキ」という言葉で説明しよう、納得しようとする人がいる。

この、人の「運」、「ツキ」について、僕は一つの考えを持っている。僕の人生哲学の基本といってもいいかもしれない。

それは「その人の持っている運の総量は決まっている」、「人はみな、それぞれ一〇〇なら一〇〇の運を持って生まれてきている」ということだ。

ここから、本書を始めてみよう。

わかってもらえるかどうかはわからないが、僕は、運というものは神様と同じだと思っている。要するに、神様は誰も見たことがない。いるかどうか、存在するかどうかわからない。運も、そういうものだと思っている、ということだ。

キリスト教やユダヤ教、イスラム教のような一神教はさておき、僕たちが困ったときによくいう「神様、助けて」とか、「神様、お願い」などの神様は、人間の都合でつくった存在だと考えるしかない。

人間は万能ではない。自分の力には限界がある。間違いもよくやる。だから、とりわけ困ったときなど、自分の力以上の能力、できれば万能の存在に味方してほしくなる。

つまり、それが何でも言うことを叶《かな》えてくれる存在のことを指すのであれば、実は「神様、お願い」というのも、死んだ母親に「お母さん、助けて」と頼むのも、「あなた、お願い」とすがるのも、みな同じなのである。

そのように、運も、基本的にあるのかないのか誰も知らない。「運がよかった」というけれど、その運のよってきたるところ、なぜ運がよかったのか、これがわからない。原因があるのか、理由があるのか、何かと因果関係があるのか、それともあくまで偶然なのか、そのあたりについては、誰もわからない。

あるとき、拙宅にご招待して、麻雀の強豪といわれた作家の阿佐田哲也（色川武大《たけひろ》）さんやムツゴロウこと畑《はた》正憲さん、麻雀プロの小島武夫さんたちと卓を囲んでいたとき、阿佐田哲也さんがポツリとつぶやいた。

「若い頃にツキを使っちゃったんで、近年は引きが弱くてね」

この言葉の深いところは後述するとして、ともあれ阿佐田さんのような強豪でも、「ツキ」という言葉を口にするのだということに、ふと胸を衝《つ》かれたことがある。麻雀もギャンブルの一つとして、そのようにいわゆるギャンブルは運に頼る部分がある。

これが将棋ならば、アマ五段をいただいている僕が羽生善治《はぶよしはる》と指して、五〇〇万回やっても五〇〇万回勝てない。絶対に勝てない。ところが、麻雀となると、一般の人が僕や阿佐田さんクラスの卓に入っても勝つチャンスはある。

もちろん、技術的に差があるから、一〇回やれば七、八回は僕や阿佐田さんが勝つだろう。ただ、一般の人でも一〇回に一回ぐらいはすごく引きがいいというような状況になることがある。

何をやってもうまくいく。トントントンと役ができる。普通なら危なくてしょうがない牌《パイ》もなぜか通ってしまう。これが、基本的には「運」であり、「運がいい」ということであり、運とギャンブルの関係ということになる。

究極のギャンブルは、運まかせではない

いまアメリカではポーカーが大変な人気で、テレビのレギュラー番組もたくさんある。麻雀と違って、ポーカーこそ究極のギャンブルだと僕は考えている。なぜか。金を賭《か》けなければそのゲームが成立しないギャンブルだからである。

麻雀もギャンブルだけれど、たとえば金を賭けなくても満貫《マンガン》をあがったりすると、それなりの快感がある。ところがポーカーは、金を賭けなければ何も面白くない。ゲームとしての妙味もない。なぜならば、金を賭けなければポーカー独特の「ブラフ」が成り立たなくなるからだ。

ポーカーは「ブラフ」というものと不即不離の勝負事、ゲームだということだ。

ブラフは、辞書的には「こけおどし」とか、「はったり」というふうに訳されているけれど、要するに自分の悪い状況を相手にさとられないように自信ありげに装うことで、これは金を賭けているからこそ生きてくるワザである。逆にいえば、金を賭けてなければ何

も「ブラフ」などする必要はなくなるわけだ。

ブラフに反応するレベルがある。一万円でビビる人。一〇〇万円でビビる人。一億円でやっとビビる人。それぞれだから、ブラフは面白い。つまり、ポーカーは面白い、ということになる。

その昔、そう、六〇年近く前のこと。といえば、僕が不良、無頼だった頃、ジャズが全盛だった頃、ということになるけれど、有楽町の日劇や新宿のコマ劇場でジャズコンサートがあるときは、必ず三クラスほどのポーカーの座が立った。

三クラス、というのは金額のランクで分けられる。それが、それぞれのバンドや歌手の楽屋で開かれる。

ドル対比でいえば、現在の三〇倍ほどの貨幣価値というイメージでいいと思うけれど、一番下のクラスが一〇円のアンティ（ゲームへの参加費）から。ここに駆け出しのジャズ評論家の僕とか若手バンドだったハナ肇《はじめ》とクレージーキャッツといった面々が集まってくる。

その上が一〇〇円のアンティで、ここはジョージ川口さんとか笈田《おいだ》敏夫さんといったスタークラス、あるいはビッグバンドのバンドマスター、それに進駐軍の軍属といった面々の集まり。

そして、最高ランクの座でのあるとき。これは僕の実見だけれど、軍属の二世のアメリカ人のテーブルタップが七〇万円だった。それに、ある大手芸能プロダクションの社長兼バンドマスターだった男性がコールした。

現金以外は通用しない世界。現在の価値でいえば約二〇〇〇万円というコール。その社長が自分のマネージャーに「事務所の金庫に金が入っているから持ってこい」と言った。そして、ジミー小林といったか、その日系二世の軍属に「金を持ってくるから待ってくれるか」と言う。ジミーは「OK」と応える。

それからおよそ三〇分。マネージャーが金を持って戻ってくるまでのその時間の長かったこと。その場の誰も何も言わない。何もしない。社長だけが真っ青な顔をしている。金が届いた。社長が改めて「コール」。二〇〇〇万円を賭けた「コール」である。ジミー小林は、どうしたか。「OK、ユー、グッド」とひと言言い置いて、自分のカードを開けもせずに立ち去って行った。

これが本当のポーカーだと思った。ここまでくると、ブラフをかけて何かしゃべるなどという世界ではない。逆に、空気が圧縮されて、沈黙の世界に入る。

阿佐田さんの賭博《とばく》小説などにもよく出てくるシーンだけれど、何とも言いようのない、ものすごい世界。あの世界は、本当に独特だ。

結論を言っておこう。こういったポーカーなどの究極のギャンブルになると、「究極」だけに、逆に「運」の入る余地があまりない。こういうことになる。

「押さば押せ。引かば引け」

「究極のギャンブル」などといえば、結局のところ「究極の運」頼みか、と思われがちだが、そうではない。逆に「経験」と「読み」と「度胸」の世界になる。

僕もこれまでの人生の中で、最初の結婚に失敗して離婚したときと、再婚のタイミングで事務所の金を持ち逃げされたときの二回、すっからかんになった経験を持っている。それぞれ二年ずつ、都合四年、この期間はギャンブルで食っていたといっていい。

プロダクションの社長、興行会社の社長、航空会社の幹部、テレビ局の幹部、大女優、トップモデル、こういった人たちを相手の勝負の日々だった。もちろん、決して安いレートではない。

阿佐田さんなども言っているけれど、それくらいのレベルのギャンブルになると、運ではなくて、どちらかというと「技術と度胸」を恃《たの》むことになってくる。ここまで話を進めたうえで、では、その「技術」とは何かということになると、ちょっと説明が厄介だ。

このレベルになるともう「運ではない」、と言ったことと矛盾するように聞こえるかもしれないが、このレベルになると実は「運の動き」を読む。それがハイレベルのギャンブラーのいう「技術」なのである。

ポーカーのトランプカードにしろ、麻雀の牌にしろ、その動きそのものは皮相だといっていい。皮相だからこそ、ほとんどその動きが読める。

そのあたりはプロレベルのギャンブラーにとっては基本的な技術ということになる。逆にいえば、少なくともその程度の技術がなければとてもじゃないがやっていけないレベルというのがあるのだ。

では、基本的な技術、ある程度のレベルの技術を身につけた者は、その上のレベルで何を読むのか。「そのときの運気」を読む、ということになる。

僕には様々な経験を経て自分でつくった勝負事の要諦《ようてい》、判断のキーワードがある。「押さば押せ。引かば引け」。これである。

つまり、いま、運気が乗ってきていると思ったときは、どんどん押す。小さな運気の動きを捉《とら》えて、間違いなく運気がきていると判断したら、押しに押す。

逆に、運気が落ち始めたな、と感じたらさっと引く。うろうろしないで、きれいに引く。

書いてしまえばこういうことだが、実際は非常に難しい。そのことも、よくわかっている。

狙ったレースが残っていても、帰る

「運気を読む」ということでは、競馬などの勝負がその典型になるだろう。僕が競馬評論家時代によく言っていたのが「競馬に絶対はない」である。

競馬は、ポーカーなどに比べるときわめて不完全なギャンブルということになる。なぜならば、どんなに絶対的な本命馬だったとしても、たとえばレースの途中で脚を折ってしまえばそれでおしまい。あるいは、騎手が落馬すればそれで終わり。だからこそ、相手にするのは「運気」しかない、ということになる。

一日一〇レースを分析すると、七〇パーセントの確率で当たるレースが一つか二つはある。そして五分五分というレースが五つか六つ、どう考えても当たらないのが二つ三つある。だいたいそういうレース構成になっている。

ほぼ当たるというレースは、つまりは本命がくるのだから配当は期待できない。一番いいのが一〇〇〇円前後の配当がつく中穴のレースで、しかも三点以内に絞れるもの。これが最も取りやすい馬券ということになる。

血統の研究、戦績の分析などのほか、パドックで馬の状態を見る。馬と騎手のコンビネーションの具合を見る。競馬は本当に見るところ、判断材料がたくさんあって面白い。しかしながら、その分、ギャンブルとしては不完全だということになる。

そういうなかで、狙ったレースで勝負をしてみる。外れる。すると、その日はもう買わない。勝負をやめる。

たとえば二万円しか持っていなかったのが、二レース、三レース、四レース、ポンポンと取って、二〇万円になった。そして、次の五レース目で自分の狙った馬が予想通りものすごい勢いで追い込んできた。しかし、結局、鼻差で届かず、三着だった。こういうのが「お前の運気、下がり始めたよ」という兆し、サインなのだ。

このサインを受け止められるかどうか。受け止めて、やめた、という方向に自分を持っていけるかどうか。

運気のサインは、ある程度修行を積めばわかってくるものだ。どれくらい修羅場を踏んだかにもよるが、いわゆる経験がものを言うということである。

ただし、そこから、「やめた」にするか、「もう一丁」にするか、簡単に言えば冷静になれるかどうかなのだが、これは実に人間臭い話になる。

大川慶次郎という有名な競馬評論家がいる。彼に「馬券を買わなければ家の二軒や三軒は建っていた」という名言があるが、競馬評論家、競馬予想家とはそういう世界である。

しかし、僕は何年間かの競馬評論家生活で数億を稼いでいる。といっても、それは評論家としてのフジテレビ、ニッポン放送、サンケイスポーツ、競馬専門紙の競馬エイトといったところからのギャランティや『競馬解体新書』をはじめとする書籍の印税などで得たものであって、馬券の配当そのものでいえば、若干のプラス。

馬券は勝ち負けイーブンで十分。そう考えなければいけない。実際、勝ち負けイーブンで終えるのも大変なことで、相当ストイックに構えていなければ達成できないと思う。

つまり、最初の二レースをはずした時点で、今日は運気がきていないとして、残りの七レース、八レースを買わないで手ぶらで帰れるか、ということだ。狙っていたレースが残っていたとしても、未練を残さず、すっきりとやめられるかどうか。

これが「引かば引け」の最大のポイントである。

幸運は一つところに留まらない

僕は世界中を旅しているけれど、単なる観光旅行というものをしたことがない。あの絵を見たい、でもいい。あのゴルフ場でプレーがしたい、でもいい。いつも、何らかの目的を持った旅をしたいと思っている。そうしたなかで、いわゆる「豪華客船で行く旅」などになると、船内にカジノがある。

船が港に停泊中、たとえば妻は友達とショッピングとか観光に出かける。僕はそういうものに興味がないから、船に残って原稿などを書いているのだが、退屈してくると五〇〇ドル、一〇〇〇ドル程度を持ってカジノに出かける。一、二時間、妻たちが帰ってくるまでの間、遊べればいい、といった感覚だ。

そうして、ブラックジャックなり、ルーレットなりで遊んでいて、たとえばブラックジャックで三回続けて取られたら、そこでやめる。遊びとしたら、それで十分遊んだことになる。

逆に、ちょっと運気が向いてきたなと感じたら、五〇ドル、一〇〇ドル、二〇〇ドルというふうに倍、倍、倍と賭けていく。結果、二〇〇〇ドルぐらいになったところで、やめる。運気が向いているのに、なぜ、やめるのか。統計的に見て、一日中ツイている日など、一年に一日あるかないかだから。

ポーカーや麻雀などに比べて、ブラックジャックやルーレット、あるいは花札のような丁半ものは、ゲームとして、ギャンブルとして、低級だと思っている。つまり、パチスロと同じで、○か×かの世界だから、読みようがない。読みようがないものは、面白くない。ギャンブル依存症の人は、面白いだろうと思う。勝負が単純だから、逆にハマってしまうのだろう。金額が高騰すればするほど、緊張感と解放感の振り幅が大きくなるのだから、溺《おぼ》れてしまうのだろう。しかし、僕は、面白くないものにはハマらない。それだけのことである。

加えて言っておくと、亡くなったハマコーさん、浜田幸一さんのように「六〇〇〇万、勝った」などと豪語する人もいるけれど、そういう人はトータルしてみれば絶対にプラスにはなっていないはずだ。

幸運は、一つのところに留まったりはしない。いつまでも「俺はツイている」と思うことほど、愚かな話はない。

逆に言えば、その人の運の総量は決まっているのだから、「ああ、まったく俺ってツイてないよなあ」などとむやみに嘆くこともない。いまツイてないだけ。そう思えばいい。あるいは、まだ俺は「自分の分のツキ」を使ってない、と考えればいい。

そのうち、必ず「運気」は回ってくる。しばらく時間はかかるかもしれないが、必ず運気はやってくる。それをじっくりと待ってみよう。

ただ、運気がやってくるのをじっくりと我慢して待てるかどうか、これがいつも問題なのだけれど。

人生が変われば「引き」も変わる

僕のギャンブル生活の思い出を中心に、運をめぐる話を書いてきた。ここで、初めに紹介した阿佐田哲也さんの「若い頃にツキを使っちゃったんで、近年は引きが弱くてね」という言葉を振り返ってみたいと思う。

実は、この阿佐田さんの言葉を聞いてからまもなく、僕はすっぱりと麻雀から手を引いた。手を引いた、といってもまったくやらないというわけではない。おつき合い程度のことは続けるけれど、本格的な参戦からは退くということである。

なぜか。先の阿佐田さんの言葉の分析と同じことが僕にも言えたからである。では、阿佐田さんの言葉の分析とはどういうことか。次に書いておこう。

これも一つの人生の彩りということになるだろうか。阿佐田さんの名作『麻雀放浪記』に描かれた「坊や哲」は若き日の阿佐田さん自身がモデルだが、ご自身が裏社会と接触すれすれのところで目をギラギラさせて牌を握っていた時代の物語である。

その無頼の学生服ギャンブラー「坊や哲」と、麻雀小説で名をなした阿佐田哲也（「朝だ、徹夜だ」のもじり、というのは有名な話）と、のちの直木賞作家色川武大は、生物学的には同一人物、ということになる。

しかし、人生的にいえば、命がけの世界で麻雀を打っていた「坊や哲」という通り名の若者と、直木賞作家になり、ベストセラー作家になった色川武大とは違う人物なのだ。このことが、阿佐田さんの「若い頃にツキを使っちゃったんで、近年は引きが弱くてね」という言葉の背景になっていると思う。

僕は、色川武大の名前が有名になってからもずっと阿佐田さんと呼ばせてもらったが、その阿佐田さんが同じ麻雀の卓を囲んでいるときに、先の言葉を言った。このことに僕は深い感慨を覚えたのだった。

そうして、まもなく僕は麻雀をやめた。理由は、阿佐田さんと同じである。

つまり、すっからかんの駆け出しのジャズ評論家の時代に、あるいは経理の人に金を持ち逃げされて借金だけを背負っていた時代に「負けるわけにはいかない」という緊迫した思いで打っていた麻雀と、億というギャラを稼ぐ売れっ子タレント大橋巨泉の麻雀は、やはり「違う」のだ。

何が「違う」のか。引きにかける「気合」が違う。

ここで三ピンを引かなければ食えない、明日の米がない。そういう時代と、別にこの場で五万円くらい負けてもどうってことはない、くれてやる、という気持ちでやるのとは、まるで「引き」が違う。「気合」が違う。

ギャンブルは、「引き」をよくするために、つまり「運気」を読むために、ものすごいエネルギーを使う。究極的な集中をする。それを「気合」と呼ぶ。

週に四日働いて、三日ゴルフをして、というような生活になっていた僕には、もうそういう「ものすごいエネルギー」や「究極的な集中力」は残っていなかったのだ。

運の無駄づかい

「人の運には総量がある」というテーマに戻ろう。

一人の人間が持っている運の総量は決まっている。僕はそう思っている。だから、たとえ不運に出くわしても、どこかで穴埋めされる。逆に言えば、好運だ、ツイている、絶好調！　というときこそ要注意。そして、総体的に見ると、人間は、その運をどこで使うかということで、一生の幸不幸が決まるような気がしてならない。

一つの考え方として、運の無駄づかい、というものがある。Aは一〇〇の運を大事に使う。うまく使う。ここぞ、というときに使う。Bは一〇〇の運を使わなくてもいいときに使ってしまう。あるいは、無駄に使ってしまう。意味なく使ってしまう。

そうすると、運の残量が違ってくる。残量によるポテンシャルが違ってくる。

僕は、決して運の無駄づかいをしない。あるときは「引かば引け」だし、つまらない当たりもので運を無駄づかいしたりしない。

だから、財務省にはうらみはないけれど、僕は宝くじなどというものは一度も買ったことがない。あんな確率の低いくじで、四等くらいが当たったりしたら、それは運の無駄づかいというものだ。

同じように、歳末大売り出しの商店街のあの「ガラガラポン」もやったことがない。ガラガラと回して、白い玉がポンと出て、ハイ、おめでとう、四等賞でタオル一枚などというのも、僕に言わせれば典型的な運の無駄づかい。

もちろん、宝くじの四等でも、「ガラガラポン」のタオル一枚でも、うれしいと感じたり、ハッピーになったりする人はいるだろう。それはそれで、一つの人生観だということ。そして、僕はそうしたところで、「運」というものを感じたくはない。それだけである。

「めぐってくる好運を全部取ろうと血まなこになっていると、最も大きな、大切なラッキーを見逃すことになる」

「ささやかな好運を集めて、ささやかな幸福感を楽しむも良し。ただし、不要な運を取ったり、不用な物のために運を使ったりしないこと」

こういった人生哲学というのか、判断の仕方というものをどこで学んだかといえば、やはりギャンブルということになるだろうか。

あるいは、八〇年の人生の中で、いろいろな人の浮き沈みを見てきた。もちろん、自分の人生についても、そうである。また、様々な形の人生の、来し方行く末を見てきた。その中から、人と運の関係に、ある種の感慨を持ったことも確かである。

いくら科学の世の中だといっても、自分に納得のいかないことがあったり、自分の力が及ばぬ出来事があったりすると、人間は「運」とか「神様」と言いたくなるわけだ。

たとえば、大変な病気を患った人が九〇歳まで長生きし、あんなに元気で、ほとんど病気らしい病気をしたことがなかった僕の母が、なぜ五三歳で子宮ガンで死ぬのか。これを、どう考えればいいのか。

母の入院中、亡くなる一カ月ほど前だったと思うが、そういうときに詠んだ僕の俳句に次の一句がある。

稲妻やひそかに祈る無頼の子

母が死に至る病気になり、ほどなく亡くなったのは、ちょうど僕が大学卒業を放棄し、麻雀と俳句とジャズ三昧の、いわば無頼の暮らしを続けていた頃のことだった。そうした僕の行状が、最愛の母に運の無駄づかいをさせたのではないか……。ときに、そういった自責が胸をよぎることがある。

こういう経験を重ねていると、「運」というものを考えてみたくなるのも無理はないか、と思えてくる。

僕は、自分の人生を表現するときに「僕の成功は、一に幸運、二に英語」と言うことがある。そういえば、八〇年生きてこられたのも、大きな意味で「幸運」のうちだったかもしれない、自分が持っている運を最大限に生かしたからかもしれないと思う。とりわけ、戦時中から戦後一〇年くらいのことを振り返ると、その感が強い。

次の章から、そのあたりのことを書きつづってみよう。

第二章　「命」

これは、すべて僕が経験したことである。

僕はアメリカ軍機の機銃掃射で撃ち殺されていたかもしれない

昭和二〇（一九四五）年夏。僕は疎開先の千葉県横芝にいた。横芝小学校からの帰り道でのこと。

当時は、もう、日本の空はアメリカ軍のもの。制空権を握ったアメリカ軍機は、やりたい放題。でも、毎日のようにB29による空爆を受けているのに、日本にはもう反撃する飛行機もない。

アメリカ軍のほうは、爆撃機であるB29も大編隊だし、それを護衛するグラマンなどの戦闘機も大編隊。悠々と関東地方を爆撃して、焼き尽くして、B29はグアム島やサイパン島の基地に帰投する。

一方、護衛戦闘機のグラマンF6FやP51などは九十九里浜沖、といっても遥《はる》か太平洋上だが、そこに浮かぶ空母まで無傷で帰っていく。

その彼らの帰り道に、僕らの小学校があった。

ある日の午後、アメリカ軍の戦闘機乗りも、毎日の空爆に飽き飽きしていたのだろうか。遊び心が起きてしまったのかもしれない。千葉上空を通って空母に帰る途中の一機が、下校する僕らのすぐそばまで低空飛行でやってきたのだった。

そのとき、僕の友人が叫んだ。

「バカヤロー、ヤンキー、てめえなんか死んじまえ！」

そんな子どもの声がアメリカ軍戦闘機のパイロットに聞こえるわけがないけれど、その様子でののしっていることはわかったのだろう。そして、ちょっと脅かしてやろうか、と思ったのだろう。

その戦闘機は、行き過ぎたかと思うと、くるっと反転して、いきなり僕と友人めがけてダダダダッと機銃掃射を仕かけてきたのだ。

僕のそばで土煙があがる。操縦席のパイロットの顔が見えるくらいの至近距離からさらに撃ってくる。ダダダダッ、ダダダダッ。

向こうは悪ふざけなのだろうが、こちらはもう、ションベンをちびるくらい恐ろしかった。そして、いくら悪ふざけ、ちょっと脅かしてやろうか、ぐらいの気持ちで撃ったとしても、機銃掃射なのだから、当たるかもしれない。当たったら死ぬかもしれない。でも、もし当たって、その子が死んでも、それは構わない。仕方がない。

アメリカ軍機のパイロットは、そんなふうに考えていたと思う。それが、戦争だ。そしてこれが、僕が初めて経験したリアルな「戦争」だった。

あくる日、そのことを先生に報告した。すると、先生はこう言った。

「君たち、鬼畜米英という言葉を知っているだろう。あいつらは、鬼であり、畜生なのだから、小学生でも絶対に許さない」

「だから、アメリカの飛行機を見つけても、どんなに悔しくても、空に向かって罵声《ばせい》を浴びせたりしないように」

何だか、わかるようなわからないような、変な指示である。でも、いま考えれば、当時の「一億玉砕」に向かっていた状況の中で、先生なりの、子どもの命を守ろうとした教えだったのだろう、と思う。

しかし、「一億玉砕」、日本人全員が鬼畜米英と戦って死んでしまおうよ、という話が本気で語られていたのだから恐ろしいというか、どうしてそこまでになったのかというか。

いずれにしろ、日本人はそうなりやすいところがある、意外とひとりひとりの死が軽い、という思いが残る。

「命」というテーマの最初の項を、この言葉とエピソードでなぜ始めるのか。それは、ここに書いた経験とそれから数カ月後のあの「八月一五日」が、僕の人生の原点になっているからだ。

いまの若い人たちは、嘘《うそ》のように思うかもしれないが、アメリカ軍機の機銃弾に当たって僕は死んでいたかもしれない。一つしかない「命」をあっという間に失っていたかもしれない。

ただ、単に、わずかに米軍機の機銃弾がそれたという「幸運」だけで、その後の七〇年近くの命を拾うことができた。

こんな話がどこにでもあった、本当にわずか七〇年ほど前に事実としてあったのだ、ということをまず、伝えておきたいと思う。

皇国少年だった僕は、本気で「天皇陛下のために死ぬ」と思っていた

僕の原点は、昭和二〇年八月一五日。そこから、現在に至る大橋巨泉の人生は始まった。大橋巨泉、本名・大橋克巳。昭和九（一九三四）年三月二二日、東京は両国の生まれ。だから、昭和二〇年八月の時点で、僕は満一一歳。

いまの日本の一一歳に比べて、知的レベルはどうだろうかと思うけれど、その当時一一歳の僕は、どんなに東京が大爆撃を受けて焼け野原になろうが、自分が米軍の戦闘機に撃たれて死にそうになろうが、「最後には必ず神風が吹く」とか、「最後には日本がこの戦争にも勝利する」とか、そういうふうに教えられたことをまったく疑いもしなかった。

歴史が始まって以来、大日本帝国は一度も戦争に負けたことがない。それは、天皇が神であり、その神が治める「神国日本」が負けるわけがないのであって、いま劣勢のように見えるかもしれないが、それは敵、鬼畜米英を油断させているだけなのだ。

本当に、そう信じていた。洗脳は、本当に怖い。

万が一、という言い方はここでは正確な言葉の使い方ではないけれど、万が一「神風」が吹いたとしても、相手のB29爆撃機は雲の上を飛んでくるのだから「神風」には影響されないということがいまではわかるけれど、当時はそんなふうに科学的に考える頭はまるでなかった。洗脳された脳は、無いと同じなのだ。

僕たちは近年、オウムの事件で洗脳の怖さを実感したけれど、昭和の戦前・戦中の日本では、数千の信者限定の話ではなく、日本中の子どもたちが、大橋克巳君とほぼ同じ心理状態だったのだと思う。

そして、いざとなれば、自分たちも「天皇陛下のために敵と戦って死ぬ」のが当たり前、という感覚で毎日を暮らしていた。

僕たち昭和ひとけた生まれ世代は、徹底的な皇民化教育、天皇絶対教育を受けた。このことは、いわゆる反面教師としてどうしても忘れることはできない。

戦前のドイツで、ヒットラーのナチスを熱狂的に支持した人たちも同じ。現在でも、そういう洗脳教育の下で暮らしている人々は世界中にいる。明日をもしれぬ飢餓に耐え、自爆も辞さない。そういった人々は、そのまま、戦前の日本の僕たちの姿なんだ、ということを、絶対に忘れてはいけないし、ひとりひとりの「命」に関わることとして、あとの時代の人に伝えていかなければいけないと思っている。

そうしないと、「戦前の日本は美しくて、素晴らしくて、いいことをたくさんした国だったんだ」などというふうに、また簡単に洗脳されてしまうだろう。

自分のかけがえのない命を守るということは、自分の頭で考えるということ。これは、毎日でも肝に銘じておかなければならないと思う。なぜならば、戦前の日本の軍国教育、神国日本という洗脳教育は、ほんのわずかな時間の中で完成されていったのだから。

明治維新まで、京都でのんびりと暮らしていた天皇が、明治天皇になって軍服姿になった。それでもまだ、明治大正期、昭和の初期までは世界の現実に目を向ける開明的な部分も健在だった。

ところが、昭和六（一九三一）年の満州事変あたりから、世の中の空気が急速に軍国主義に傾いていく。天皇は「神」になっていく。

日本という国は、ほぼ単一の民族が、ほぼ単一の文化の中で暮らしている。だから、議論を積み重ねて結論を出していくというより、全体の空気の流れに弱い。

いまでも「空気を読め」という言葉が現役だが、本当に「空気を読む」のが必要なのはアメリカのような多民族国家に住む人々で、日本のような「ムラ社会」では、「空気を読む」より「空気に同調する」といったほうがいいだろう。いわゆる「同調圧力」である。

いわゆる「ムラ社会」は、基本的に保守的で、変わるということに躊躇《ちゅうちょ》がある。逆に、一度、空気ができてしまうと、一気に同じ方向に向かって流れていく。対抗勢力も弱い。

そういう国の国民の洗脳は、一〇年もあれば完成する。あれあれ、と思っているうちに「異論」を言える空気がなくなり、「異論」は排除される。それは戦前の歴史に学べば誰でもすぐわかることだし、僕自身が実際に経験したことでもある。

「自転車の国が自動車の国と戦争して勝てるわけがねえ」と父は言った

アメリカと戦争するなどというのはバカげている。敵性文化だといってジャズを禁止したって、野球用語の英語を禁止してストライクを「よし、一本」と言い換えたって、アメリカやイギリスに勝てるわけじゃないだろう。そう考えていた大人は多かったと思う。

しかし、日本人は社会の空気や権力に対する抵抗力が弱い。異論を立てて頑張ることができない。逆に、自己規制したり、同調するのは大得意だ。

東京の下町、両国で「大橋武治商会」というカメラ商を営んでいた僕の父大橋武治は常々こう言っていた。

「克巳、お前、隣町に行くのに何に乗って行く？ 自転車だろ。アメリカはどうだ。自動車で行くんだよ。自家用車がどの家にもあるんだ。自転車の国が自動車の国と戦争して勝てるわけがねえ」

要するに、向こうとこちらの経済力、産業力の違いを言いたかったのだろう。カメラ商の父は、海外のグラフ雑誌やカメラ雑誌も取っていたから、世界の現実について、当時の普通の日本人の大人より、少しは詳しかったかもしれない。「新聞は本当のことを書きゃあしねえからな」とも言っていた。

ただ、それ以上に、この父は徹底的な現実主義者。イデオロギーではなく、何よりも自分の現実感覚に従って生きることを貫いた人。だから、「自転車の国と自動車の国」という話も、父にしてみれば「現実を見れば、当たり前のこと」で、当たり前のことを言って何が悪い、という人だった。

そういう父だから、戦時中も「早くやめりゃいいんだよ、こんな戦争は。どうせ日本は負けるんだから」というような話を電車の中でも平気でしていた。ところがあるとき、それを警察関係者に聞かれてしまった。

その場で、特高警察に連行されていった父は、あくる日、顔を倍ぐらいにはらして帰ってきた。きっと特高の鬼のような刑事たちにボコボコにされたのだと思う。

いまや、特別高等警察、特高といってもわからないかもしれないから、少しだけ解説しておくと、これは戦前まであった思想犯罪（思想・信条の自由がなければ、こういうものも法的に存在することになる）に対処するための警察組織。軍隊の中の警察である憲兵隊とともに、軍国主義体制の強権的部分、恐怖政治の基礎を支えた。

特に、特別高等警察は思想犯という分野で徹底的に弾圧的なスタンスを貫き、苛烈《かれつ》な取り調べや拷問を平気でやることでも知られていた。「小林多喜二虐殺」などは、その典型的な出来事といえるだろう。とにかく、「特高」という略称は、えもいわれぬ恐怖感で国民を圧迫していた。

しかし、幸いなことにというか、父は現実主義者ではあるけれど、あくまで庶民であって、政治的な背景はない。だから、小林多喜二のように虐殺されずにすんだのだろう。それでも父は、早晩この戦争はアメリカ有利に傾いて、すぐに首都である東京は空襲にさらされるだろう、という見方を変えなかった。

東京にいたら、僕は多分空襲で焼死していた

「そのうち、アメリカは絶対東京に絨毯《じゅうたん》爆撃をしてくる。こんなところにいたら、妻や子どもは逃げ遅れるに決まっている」

父はそう言って、まだ国民の多くが日本の敗戦など予想もしていなかった昭和一八年の夏に、家族を疎開させることを決めた。

父の現実主義的考え方が、ここでも発揮された。そうだと思ったら、何も躊躇することはない。「大橋さんところは、おかしいんじゃないの」と世間から言われても、関係ない。そういう父だからこそ、どこの家よりも早く、大橋家は田舎への自主疎開を決め、母と僕たちは千葉県横芝に移住することになった。

そして、父の言う通り、東京は火の海となった。昭和二〇年三月一〇日午前零時過ぎからの深夜。約三〇〇機という米軍のB29爆撃機が、焼夷弾による絨毯爆撃を行った。

太平洋戦争で米軍が使った焼夷弾というのは、日本の住居が木と紙でできていることを念頭に開発された、日本を焼き尽くすための悪魔の兵器だった。

下町を中心に焼き尽くされて、一〇万人以上という人が、むなしく命を失った。我が家があった両国も、もちろんそこに含まれている。だから、千葉に疎開せずにいたら、確実に命はなかった。米軍機が無差別に落としていった焼夷弾で完全に焼け死んでいた。

戦後になってからの話だけれど、地元では進学校で聞こえていた両国高校を受験前に見学に行ったことがある。しかし、東京大空襲の際に多くの人が逃げ込んだまま焼け死んだ、その校舎のあちこちに、遺体の脂の跡のようなものが克明に残っていた。

そのとき、僕は受験などということはどこかに飛んでしまい、ひどく気分が落ち込んでしまってどうにもならなかったことを思い出す。

ともあれ、父の現実主義的な考え方のおかげで、僕たちは命を拾った。

「そこにいたら、僕は多分焼死していた」

そう思いながら、疎開先の千葉から、真っ赤に燃える東京を見ていた。三月一〇日の深夜から夜明けにかけてのことである。

いまでも忘れられない。あの気丈な母が「お父さん……」と言ったまま、真昼のように明るい西の空を見つめて泣いていた。父はその日も、両国の自分の店に残っていたのである。

父と母は、新婚の頃、深川に住んでいて、大正一二（一九二三）年九月の関東大震災に遭遇している。そのとき、多くの人は被服廠《しよう》（現在の震災記念堂）に逃げて逆に焼死することになった。父は、あそこは多くの人が集まるからダメだと判断して、母の手を引いて上野の山に逃げ、助かった。父が大好きな母は、さらに信頼を深めたのだった。

母にとって父はすべてであり、「お父さんは世界で一番頭のいい人」だった。

「だから、絶対に大丈夫だと思うけど、今度は地震じゃなくて、アメリカだからねえ」

母は僕に向かって、こうつぶやいていた。

母の心配が通じたのか、三日後、錦《きん》糸町《しちよう》で神様の贈り物のように拾った自転車に乗って、父は千葉県横芝の僕たちの疎開先にたどり着いた。その自転車は、戦後しばらく大橋家の家宝として大切に飾られていた。

「この戦争で若者が犬死する」と言った父に僕は殴りかかった

戦局は父の言う通りになり、東京は連日、米軍機の激しい空爆を受けることになる。太平洋戦争も最終局面の昭和二〇年、日本の成人男子は若者ばかりでなく、かなりの年齢の人も兵隊に行かなければならなくなってきていた。そうした人々の中に疎開先の横芝小学校の先生もいた。

疎開先でいじめられていた僕を可愛がってくれたやさしい先生。もう、四二か四三歳になる中年のおじさんと言っていいような年だったが、そういう人まで兵隊にならなければならないほど、日本は追いつめられていた。

そして、先生たちは戦地に赴く前、千葉に集合していたのだが、その夜、東京を空襲した米軍爆撃隊が帰りのついでにやっていったような空爆を受けて死んでしまった。

そのことを聞いた僕は、わあわあ泣いた。泣くよりほか、どのように受け止めていいのかわからなかったのだ。

すると、父が「いい先生だったな」と言う。だから、父も僕と一緒に悲しんでくれているのか、と思っていた。

そのとき、父は「かわいそうに。奥さんも子どもさんもいただろうに、犬死だなあ、これじゃあ」と言ったのだ。

それを聞いたとたん、皇国少年だった僕は父を殺してやろうと思って殴りかかった。なぜ父が、先生の死を犬死と言ったのか、当時の僕にはまったくわからず、ただひたすら「何とひどいことを言う人なんだろう。天皇陛下のために戦おうとした人が亡くなったのに、いくら父親でも、日本人として許せない」と言って、父を激しく責めた。

太平洋戦争の終盤、もう日本にはどう見ても勝つ見込みはなかった。そうした情勢の中での出征である。生きて帰ってくる望みは大きくない。

父のように、冷静に、現実に即して考えればそういうことになるだろうけれど、当時の僕にはそんなことが考えられるわけがない。

だから、尊い戦いに行く途中で亡くなった先生の死を犬死と言われると、無性に腹が立っていたわけだ。

「僕は何て情けないことを言う非国民の父を持ってしまったのだろう。許せない」と思って、僕は父に殴りかかったのだった。

「いまにわかる。いまにわかる」

しかし、そのとき、僕たちは、亡くなった先生の心情まで思いをめぐらせていたわけではない。先生が行きたくて行こうとした戦場だったのか。いやいやながら、仕方なく、本当に仕方なく、「出征」という国からの命令を受け入れ、無念の思いで亡くなった人も多いのではないか。

「お国のために」、「天皇陛下のために」と真実思って戦場に赴き、喜んで死んでいったという大人はいったい、どれくらいいるのだろうか、ということである。

よく、安倍《あべ》晋三首相などが、靖国《やすくに》神社参拝案件で「国のために尊い犠牲になられた方々に尊崇の念を」などと言っているけれど、本当にそれくらいしか考えていないのだとすれば、それは、かなり想像力が欠如しているとしか言いようがない。そうでなければ、「英霊」や「尊崇」は姑息《こそく》な言い換えにすぎない。

靖国神社にこだわるのも、彼らの考え方の本質を示している。「不戦の誓い」は、「靖国」以外のところで十分できるはずだろう。

ものごとには順番というものがある。なぜその人たちは死ななければならなかったのか、若い命を散らさなければならなかったのか。そのことを考えれば、まず戦地に送った国の責任を問うべきであり、無謀な、無益な戦争を始めた人間を糾弾すべきであり、そのことを国として謝罪し、二度とそのようなバカな方針を国として取らないことを世界に誓うということのほうが、よほど大事だということは小学生でもわかる理屈だと思う。

しかし、当時の皇民化教育で徹底的に洗脳されて「天皇陛下のために死んで靖国神社の英霊になる」ことを希望していた僕たち当時の小学生は、安倍さんと同様、なぜ父が「若者が犬死をする」と言ったのかわからなかった。ただ、そういう父が憎たらしかった。

そうした僕に対して、父はこう言った。

「いまにわかる、いまにわかるさ。先生が亡くなったことをお前が悲しんでいるのも、怒っているのも、そりゃそうだろうと思うけれど、やっぱり犬死なんだよ。先生は戦争に行かないで、お前たちを教えてなきゃいけないんだよ」

僕は、到底納得できず、「子どもを教えるより、天皇陛下のために戦うほうがよほどエライんだ」と言って、さらに父に殴りかかろうとしていた。

「一億玉砕」、日本人の最後の一人まで鬼畜米英と戦って死ぬ。そういうマインドコントロールの中で純粋培養された小国民、数え年一二歳の大橋克巳君だった。

「もし神風が吹いたって、B29はその上からくるんだぜ」

そうこうするうちに、あの日がやってきた。昭和二〇年八月一五日。

疎開先の我が家の隣が電機屋で、天皇陛下の「玉音放送」があるというので、人が集まってきている。天皇陛下は神だから、人間ではないのだから、その身体は「玉体」という。だから、声は「玉音」というわけで、要は、神様が直接しもじもの者たちに語りかけようというのだった。

雑音の多い放送の中、もごもごとした語りが始まり、例の「耐えがたきを耐え、忍びがたきを忍び」という、ポツダム宣言受諾、無条件降伏の話となる。

「何言ってるの、陛下は？」と、隣のおじさんに訊《き》くと、「日本が負けたって言ってんだよ」と言う。

「嘘だよ、そんなの。ありえないよ」と僕が返すと、「うるさいな、この子は。陛下が負けたって言ってんだから、しようがないだろ。もう、帰れ、帰れ」と大変な剣幕。

家に帰ると、今度は父親が「ああ、よかったな、生き残って。これでやっと自由だ」などと言っている。僕は、またオヤジが非国民なことを言っている、と思って、こう言ってやった。

「日本が負けるわけないじゃないか。神風だってまだ吹いてないし」

すると、父は、諭すようにこう言った。

「負けてないと言ったって、陛下が負けちゃったって言ってるんだから、間違いないだろう。それに、神風と言ったって、いまやＢ29のほうが強いだろうしな」

僕はもう、腰が抜けたように情けなくなって、その瞬間から丸々一年ほど、記憶が飛んでしまっている。何をどうしていたのか、どう考えていたのか。いっさい記憶にない。

頭が真っ白になった、という言い方があるが、僕の八月一五日以降の日々がまさにそれで、その状態が一年ほど続いたと思う。

その頃のことを必死で思い出そうとしても、まるで白いページが延々と続いているような状態。あるいは白い霧がかかったような状態。八〇年の生涯を振り返っても、その一年間だけはそんな感じ。とりわけ、昭和二〇年の八月一五日から翌二一年の二月あたりまでの半年間というのは、完全に、すっぽりと、記憶が抜け落ちている。それほどのショックだったわけだ。

しかし、この時点で日本が戦争に負けた、終戦になった、というのは僕にとっては、結果として大いなる幸運だったと言わざるを得ない。

もし、本土決戦などという妄想的な作戦が実行されていたら、それこそのちのイラクやアフガニスタンのように日本中でゲリラ戦が展開され、足手まといになる「おんな子ども」は悲惨な目にあっていただろう。

あるいは、戦争状態が長引けば、僕自身が少年兵になって砲火の中に飛び込んでいたかもしれない。何しろ、神の国の子として、勇ましく戦って死ぬのが希望だったのだから。

いま考えれば、あまりにもかわいそうな「子どもの希望」ではあったけれど。

再生と希望と「前を向く力」

自分の存在が無になってしまうようなショック。僕が、昭和二〇年八月一五日が自分のすべての原点だ、というのはそこにある。

まず、幸運と、父の「神風よりもB29」という現実主義に徹した判断のおかげで、何とか生きながらえた、ということがある。しかし、一方で、生きていながら、一切合財、何もなくなった白い存在に自分がなってしまったということもある。

それまでの皇国少年だった大橋克巳君は全否定されて、真っ白な、無のような存在になってしまった。そうして、戦後、その白い紙の上に、一から何かを書き始めて、いま、八〇歳を迎えた僕の人生がある。

そうしたすべてのことの原点が、あの八月一五日なのだ。

いまの人たちと、僕たち戦前に生まれた者たちでは、教育環境も時代背景もまるっきり違うので、あれこれ同じように論じることはできないかもしれないが、人生の転換点というのは「価値観の転換点」だということだけは変わらないと思う。

その価値観の転換が、僕たちの場合は天地がひっくり返るほど大きかった。それだけに、そのあとの人生のジャンプの仕方も大きかったということになるだろう。

簡単に言うならば、いままで教わってきたことは全部嘘。こういうことなのだから、それは大変だった。

天皇陛下は神様ではなくて人間だ。アメリカやイギリスは鬼畜ではなくて友人だ。絶対に聴いたらダメだと言われていたジャズやポップスが大いに流行し、相撲《すもう》や柔道だけがスポーツではなくて野球をもっとやらなくてはいけない、と言われる。

たった半年前までは、遊びに行った九十九里浜で写真を撮っただけで「国家機密」を撮影しようとしたスパイであるといって逮捕されたのに、いまでは米兵と一緒にニコニコしながら写真を撮っている。何なんだ、これは。

昭和二〇年八月一五日から、九月、一〇月、一一月……、と大橋少年は少年なりに、必死に、それまで刷り込まれていた価値観と目の前で展開される現実の落差を埋めようとしていたのだと思う。そうした「葛藤」の期間こそが、すっぽりと記憶が抜け落ちている終戦直後からの一年間だったのだろう。

そして、徐々に現実を認めていくなかで、僕はできるだけ大きく飛躍したい、ジャンプしたいという気分になっていった。一年間の精神状態が「白紙」だっただけに、その飛躍への渇望は大きかった。それは、まさに「再生」、新しい命を与えられた、といってもいい「人生の大転換」であった。

やっと現実を受け入れたとき、一年に及ぶ「精神の空白期間」は、逆に僕にとって強力なジャンピングボードになってくれたのだと思う。あるいは、それ以降の僕の人生に「前を向く力」、つまり「本当の希望」を与えてくれたといえるかもしれない。

第三章　「金」

人生の「現実」を学ぶ

命の次に大事なもの、それは金だと言う人がいる。いや、命より大事なもの、それが金だ、と言う人もいる。

いずれにせよ、この世に人が生きていく限りは、絶対に必要なもの、それが命と金であることは間違いない。

この二つの重要案件について、僕は父、大橋武治の考え方に大きな影響を受けている。「命」については、前の章で、国が勝手に始めた戦争なんかで若者が死ぬのは「犬死」だとか、敗戦の日も「ああ、よかったな、生き残って。これでやっと自由だ」などと言っていた父の横顔を紹介してきた。そして、人間の生き死にに関して、事あるごとに自分の考え方を開陳する父に、僕は反発しながらも、確実に影響を受けていた。

いや、「命」のことだけでなく、「金」のことや、その他、人生のスタンダードとでもいえるような「現実」に即した基本的な判断の仕方について、強く影響を受けたといえるだろう。

父は、祖父、大橋徳松の長男として明治三二（一八九九）年に東京で生まれた。徳松は、岐阜・大垣から東京に出てきた大橋武平治の長男で、江戸切子の中興の祖として日本の工芸史に名を残した人。ただ、名工などといわれる人にありがちな話だが、あまり世渡りは上手ではなかったようだ。

そういう家に生まれた父は、特に経済的に非常に苦労したようだが、生来の頭の良さと努力で、僕が生まれた頃には両国で「大橋武治商会」というけっこう立派な店を張っていた。当時としては贅沢品《ぜいたくひん》であったカメラを扱う商売で、京橋にも支店を出していたのだから、まずまず成功を収めていたのだろう。

しかし、刻苦努力をした人だけに、徹底的に現実に即した、当時としてはきわめて独特の人生哲学を持っていた。

たとえば、前章で書いた僕らの千葉県横芝での疎開生活についても、父の現実主義、実存主義的判断が存分に発揮されたものだった。

昨年、「特定秘密保護法」なる法案が可決した。自民党と安倍政権は、なりふり構わずこの法案を通してしまった。そして、この法律は、戦時中に国民の生活を縛った「軍事機密法」、平たく言えばスパイ防止法だが、そういったものになっていくだろう。

日本は昭和一六（一九四二）年一二月にアメリカ、イギリス相手の太平洋戦争を始めたが、その前から軍国主義体制が確立されていて、九十九里浜の海岸で恋人の写真を撮っていた若者がスパイ容疑で拘束されるような社会になっていた。

戦況が厳しくなってくると、カメラを持っているだけで「あいつはあやしい」ということになってくる。

これでは、カメラの商売などできるわけがない。しかも、他の人より世界情勢に明るかった父は、アメリカに勝てるわけがない、と判断した。そうして、一応両国に店は残して、家族を千葉県横芝に疎開させることになった。

その疎開先に、時節がら閉鎖されていた銀行があった。支店長の社宅を含め一〇〇〇坪の敷地、それを父は一万円で買った。

いくら千葉の田舎とはいえ、一〇〇〇坪だ。いまの貨幣価値にすると、一万円は、三〇〇〇万円から四〇〇〇万円といったところだろうか。

近くにはフナとか手長エビがよく採れる小川がある。ここにいれば、動物性たんぱく質は補給できる。一〇〇〇坪の敷地の中には宅地が三〇〇坪くらいあり、残りの七〇〇坪は空き地だから、そこに畑をつくってトマトとかかぼちゃとかキャベツなどを植える。さらに、鶏を飼って、卵を採る。ときには鶏肉にして食べる。

いずれ、戦況が悪化すれば統制経済になり、食料などは配給制になるだろうから、こちらは自給自足態勢を整えておけばいい。川でフナでも釣りながら、日本が負けて戦争が終わる、その日を待てばいい。

戦後、僕が中学生になった頃、千葉県横芝でのあの疎開生活は何だったのか父に訊いたことがある。そのときに、右のような説明をしてくれた。

まさに冷静。実に現実的。先を見据えて必要ならば、三〇〇〇万円でも四〇〇〇万円でもポンと出す。そういう胆力も備えた父だった。

このように、大橋家の場合は、多くの同世代の連中が経験したような集団の学童疎開でもなければ、親戚や知り合いを頼る縁故疎開でもなかった。いわば、先を読んだ上での自主疎開。だからこそ、どこにも遠慮気兼ねなく鶏を飼ったり、畑をつくったりすることができたわけだ。

当時、父は四〇歳を少し過ぎたくらいだったはずだが、こういった実行力は我が親ながら、なかなかすごいと思う。いまの四十男にはなかなかできない芸当だろう。


「親子なんて、たまたまそうなっただけだ」


それにしても、世間とはかなり違った、もっといえば日本人離れした、変な父だった。たとえば、人間関係については、このような考えを常々口にしていた。

「自分が自分で選んだのは妻。だから妻が一番大事。友人も、自分が選んだんだから、大事にする。子どもは偶然に親と子という関係になったもの。だから、義務として最低限のことはするけれど、あとは、自力で生きろ」

超が付く現実主義者。あるいは原理主義的な現実主義者。そう言っていいほど、僕の父は自分にとっての現実に即した判断というものに徹した人間だった。子どもの頃の僕はそういう父の生き方がよく理解できずにいて、「何と自分勝手なオヤジなんだろう」とばかり思っていた。

ところが早稲田大学に入ってカミュやサルトルを読み始めると、「何だ、うちのオヤジは実存主義者じゃないか」ということがわかり、すべてがすっと腑《ふ》に落ちた。

いま、僕は、自分自身のものの考え方、人生哲学、生き方、そういったものについて父の影響がかなり色濃いことを認めている。

その父の考え方の典型的なパターンというか、考え方のベクトルがわかりやすく表れていたのが人間関係についての先の言葉だろう。

父にとって最も大事な人間は誰か。それは、僕の母、つまり自分の妻だということになる。なぜならば、自分が選んだ相手だから。だから、これに対しては当然責任を持つ。「人間の生活の中心は夫婦である」と常々口に出し、実際、仲のいい夫婦として暮らしていた。

一応、見合いということにしていたが、本当は当時では珍しい恋愛の末のことで、夫二三歳、妻二一歳で結婚。そして、大家族主義がもっぱらだった当時の日本では、これまた珍しく夫婦中心主義を通したのだった。

では、妻の次に大事な人間は誰かと訊くと、友人だと言う。なぜならば、これも自分が選んだ関係だから。このように徹底的に、あくまで、自分。見事に、自分にこだわる。まさに実存主義である。

となると、思考の展開上当然の帰結だが、僕たち子どもの重要度は、母と友人の、その次、ということになる。

「俺はお前たちとは偶然親子関係になっただけだ。ただ、親としての義務があるから、大人になるまでは育ててやる」

「そのあと、やりたいことがあれば、自分の力で、つまり自分の金でやれ」

こういうオヤジだった。

もちろん、父の両親や兄弟についても同様にこの「自力でやれ」という考え方、認識の仕方が適用される。

「親や兄弟なんか、どうでもいい。俺が選んでそういう関係になったのならまだしも、俺が選んで親子や兄弟になったわけじゃない。だから、そんなもの、知ったことじゃない」

これは、自分勝手ではない。実存主義なのだ。

「兄弟だ、親戚だって、甘ったれるんじゃねえ」

父は一〇人兄弟姉妹で、弟が四人いる。この中に飲む打つ買うが三拍子も四拍子もそろった、いってみれば不良の叔父さんがいて、あるとき両国の我が家に金の無心にきたことがある。

そのとき僕は高校生だったが、父と叔父のやりとりをいまでも鮮明に覚えている。

まず父が、こう切り出した。まだ、落ち着いた口調だった。

「金なら貸してやらないでもない。だが、お前、この前貸してやった金、あれはどうした?」

これに叔父が答える。

「だから、それがいま具合が悪くてね。でも、もうちょっと貸してくれればそれを取り返せるんだよ」

これを聞いた父の口調が、ちょっと変わった。

「おい、もっと金を借りたかったら、この前に貸した金を持ってきてからにしろ。でなけりゃあ、せめて一部でもいいから持ってこい。前に貸した金をそのままにして、また次も貸したら絶対に戻ってこない。この俺も商売人だから、それくらいはよく知っている」

これに対して、叔父がすがるように言葉をつないだ。

「兄さん、冷たいこと言わないでよ。兄弟じゃないか」

父の表情が変わった。あのおとなしい父がアッという間に怒ったのだ。激怒、というべきだっただろうか。

「誰がてめえなんかを俺の弟にしたんだ。俺はお前の兄貴になりたくて生まれたんじゃねえぞ。たまたま、偶然、大橋徳松の子どもに生まれたんだ。だから、兄弟になったのもたまたまだ。俺の責任じゃねえ。兄弟だ、親戚だって、甘ったれるんじゃねえ」

こういう啖呵《たんか》を切りながら、手には釘抜きを握っている。その手がわなわな震えて、いまにも殴りかかりそうな気合だった。

「お前に金を貸すくらいなら、お前を殺して刑務所に入ったほうがよほどマシだ。帰れ！」

いままで見たことのないような形相をした父がそこにいた。僕は、ふすまの陰から身を固くしながらこのすさまじいやりとりを見ていた。

「ほっときゃいいんだよ」

ただ、父には独特の処世訓がいろいろとあって、その中に次のようなものもある。

「口で言ってわからない奴は、殴ってもわからない」

だから、釘抜きは持っていても実際に殴りはしなかっただろうけれど、それくらい金にいい加減な人間に対して本気で怒っているということだったと思う。

また、韓国や日本にあるネポティズム、いわゆる東洋的な縁故主義や同族主義に流されない、徹底した現実主義者であったということの証明のようなエピソードでもあるだろう。

そういった縁故や血縁のようなものにもたれかかろうとする風潮に対しては、常々「兄弟は他人の始まり」というフレーズを好んで使っていたし、また名せりふとしては「あんな奴に金を貸してやるくらいなら、慈善事業に寄付する」というのもある。

兄弟や親戚に無条件で金を貸してやるより、赤の他人にやるほうが気持ちがいい、というわけだ。これまた見事な金銭感覚としか言いようがないが、ある種のシニカルな生き方といえるかもしれない。あるいは現実主義の果てにあるニヒルさか。

だから、先の、「口で言ってもわからなければ、それ以上何かするのはエネルギーの無駄」とか「意見をするのは親の義務だが、それを聞くかどうかは子どもの自由」というのも、シニカルな現実主義的対応だったのかもしれない。

本当に納得しない限りは、どうにもならない。納得してない者、わかっていない者を殴っても、あとに恨みが残るだけだ。そうならば、殴るなど愚の骨頂、こちらにとってもエネルギーの無駄。これは、真理だと思う。

そして、「それじゃあ、言ってもわかんない奴は、どうするの?」と訊くと、こう答える。

「ほっときゃいいんだよ」

自分でわかるしかない、ということ。まさに実存主義なのだ。

いま、パラサイトシングルなどといって、いつまでも家を出ていかず、親を頼って働かない、あるいは四〇、五〇歳になっても結婚しない困った子どもたちが増えているそうだ。そうしたことに悩みを深める親がものすごく多くなっているという。

たとえば、そういうことに対しても、うちのオヤジなら簡単にこう言い放つだろう。

「ほっときゃいいんだよ」


「せがれから利子なんか取るわけねえだろう」


戦後の話。僕は長男だから「大橋武治商会」を継がなければならないのか、とも思っていたけれど、やはりどう考えても性格的に商売には向いていない。そう決めて、店を継がないでジャズ評論家になりたいという旨を父に伝えた。

「そうか。俺もオヤジのあとを継がなかったんだから、お前も好きなことをやればいい。ただし、うまくいかなくて帰ってきても、俺はお前を助けない。そのことはわかっているな」

「叔父さんを釘抜きを持って追い返したのを見てたから、よくわかってるよ」

このとき、弟の哲也はまだ中学生だった。父はその弟を見ながら「こいつが大人になるのを待つさ。もうちょっと働くかな」と言って、僕を快く家から出してくれたのだった。

僕が働き出して何年かしてのこと。家を買うか何かのとき、当時の金で二〇〇万円を父に借りたことがある。これを毎月五万円ずつ返していって、三、四年で完済した。

その完済の折に、僕は一〇万円を包んで持っていった。

「オヤジ、今日で借りた金は全部返しました。これはほんの僕の気持ち。利子だと言ったら笑われるような額だけど」

僕が一〇万円の包みを差し出すと、父は何ともいえないような顔をしてこう言った。

「バカ野郎。俺のことをなめるんじゃねえぞ。せがれから利子なんか取るわけねえだろう、お前。持って帰れ」

「いや、いや、気持ちだから受け取ってよ、オヤジ」

こうしたやりとりをしたことを思い出す。

あとで家の者に訊くと、「克巳さん、克巳さんが帰ったあと、あのバカ野郎って言いながら、お父さん、涙を流して喜んでたわよ」とのことだった。

きちんと対応すれば、きちんと喜んでくれる。現実主義者のスタンスは、一向にぶれてなかったのである。

現実を見据えて判断するという父の本領は、遺産相続の際にも発揮された。その頃の僕は人気タレントとして億という金を稼いでいたから、こいつには分けてやることはないな、と判断したのだろう。

僕も父の影響を受けて現実主義者になっていたから、このあたりは父と僕の間の阿吽《あうん》の呼吸、それでいいよなということだったと思う。

父の遺言は「克巳の長年の親孝行には感謝している。それとは別に、遺産は克巳をのぞく兄弟姉妹で分けるように」という趣旨で書かれていた。

僕になにがしかやっても、収入から見てどうせ大勢に影響はないだろう。それならば、ほかの兄弟姉妹にやったほうが喜ぶだろう。こういうわけである。

父は、徹底した現実主義者だったけれど、堅いことを言う人ではない。人に迷惑をかけなければ何をしてもいい。きわめてリベラルな現実主義者だった。

人にああだこうだと教えるというタイプではなかったけれど、こうした父の存在、考え方、いわば無言の教えは、僕の血となり、肉となっている。

「やりたいことは、自分が稼いだ金でやれ」

僕の成功は、一に幸運、二に英語。こういうふうに言うことがある。運はさておき、この英語については、金に関わるテーマになってくるので、ここで少し振り返っておこう。

僕は高校二年の後半に入って、大学一年のときに卒業するまで、二年間、英語を学ぶために御茶ノ水のアテネ・フランセに通った。動機はすこぶるシンプル。アメリカに行きたい。そのためには英語を自由に使えるようになりたい、ということだ。

のちに、ジャズ評論家として仕事をするようになり、それが放送界での仕事につながったのだから、まさに僕にとっては英語＝成功＝金ということにもなるのだが、高校生の頃の動機というのは、アメリカに行きたい、とにかくアメリカ、これ一辺倒だった。

日本がアメリカに負けてまだ数年という頃のこと、アメリカに行きたいといってもおいそれと叶うようなことではない。いまとはまるで時代が違う。

その頃の僕の知識でいえば、アメリカに行くには外交官になるか、新聞記者になるか、それしかないと思っていた。ただ、そうした仕事につけるかどうかはともかく、早く英語はやっておきたい、というのが正直なところだった。

アメリカと英語。戦後の僕たちの青春の中で、この二つは輝かしいキーワードだった。いまと違ってパソコンがあるわけでもない。DVDの語学教材があるわけでもない。英語を身につけようと思うと、語学学校に行くしかなかった時代である。

高校のほかに、語学の学校に行く、ということになると、当然親の許しと金銭的援助が必要だ。僕の父は、これまで紹介してきたように、「自分が何かやりたいときは、自分の金でやれ」というのが原理原則の人。

その父が、アテネ・フランセに通うことを許してくれたのは、なぜか。

「大橋武治商会」の経営者である父は、商売人の感覚で、これからの世の中は英語の時代だ、英語ができれば商売も絶対有利になるだろう、と読んだ。そして、こいつが店のあとを継いでくれるとすれば英語ができたほうがいいだろう、克巳なら修学期間で英語も身につけるだろう、それならば金を出してやってもいいか、そういうふうに値踏みをしたのではないか。

本来ならば「自分が英語をやりたいのなら、自分の金でやれ」というのが父のスタンスなのだが、このときに限っては経営者的判断に立って、僕のアテネ・フランセでの学費を出してくれたのだと思う。

ともあれ、金と仕事、労働とは不即不離。「何をやるのも自由だが、自分のやりたいことは、自分が稼いだ金でやれ」、「働かざる者、食うべからず」これが父の二大原則だった。この二大原則に導かれて、日常生活の中で「父の名言」がぽんぽん飛び出した。いままでも覚えているものがいくつもある。

いわく、

「自分で稼いだ金を持たない者は『半人前』」

いわく、

「仕事をしていない子どもに、余分な金を持たせるとロクなことをしない」

さらにいわく、

「二代目がだいたいダメになるのは、一代で成功した親が息子に金を与えるからだ。子どもの頃から金のありがたみを身につけさせなければいかん」

父がいま生きていたら、この世の中の出来事を見て「そら、見たことか」と大笑いするだろう。

大政党のリーダーと目される人間が、母親から毎月一〇〇〇万円を超える小遣いをもらっていたとか、有名タレントの息子で有名企業に勤めている人間がコソ泥まがいのことをやった疑いで世間を騒がせるとか、あるいは、昨日まで知らなかった人間から五〇〇〇万円もの大金を貸しましょうかと言われて、はいはいと借りてしまい、世間の常識では考えられないような杜撰《ずさん》な借用書をつくって平気な顔をする首長がいる。

とにかく現代は半人前の人間が多すぎる。いや、半人前どころか、十分の一人前くらいがぞろぞろ、というのが本当のところかもしれない。

「ただの水」に大金を払った父

金に関して現実に即した厳しい原理原則を堅持する父が、従来とはちょっと違う判断をして、いつもと違う金の使い方をしたことがある。そして多分、そういうのは、それが一回だけだったと思う。

一九五四年、昭和でいえば二九年、僕が早稲田の三年の頃のこと。父は、例の「仕事をしていない子どもに、余分な金を持たせるとロクなことをしない」という原理原則に基づき、僕に三〇〇〇円の小遣いしか与えてくれない。その頃の僕の日記には「ＰＥＮＮＩＬＥＳＳ」という言葉が頻出する。つまり「文無し」である。

一方で、ジャズへののめり込み方も本格化し、評論家としての仕事もやり始めたところだったので、レコードももっと買いたい。また、恋人もできてデートの費用も欲しかった。しかし、金がない。金が足りない。

学業はそっちのけで僕は家庭教師などのアルバイトに精を出した。それよりも最も手っ取り早い現金収入としては賭け麻雀があった。自分でいうのも何だが、学生のレベルとしては相当な打ち手だったと思う。

そんなこんなで、まじめな学生というよりは、無頼な日々を送っていたといっていい。

その頃、健康そのものと思われていた母が、体調を崩すようになっていた。春頃から病院に行っていて、すぐにどうこうという様子ではなかったのが、夏になって急に体調が悪化、直《ただ》ちに入院、手術ということになった。子宮ガンだった。

筋腫がガンに進行した、ということだったが、最初から手術できなかったものか。日進月歩の医学とはいえ、戦後一〇年ぐらいの頃ではまだ早期発見は無理だったのか。「時代が悪かった」ということかもしれないが、あまりにも残念な状況だった。何よりも悔やまれたのは、大好きな母に対して、僕はまだまったく親孝行をしていないということだった。

このとき、僕は日記に「僕のような無宗教者でも、母が助かるなら神頼みもしよう」と書いている。

では、超のつく現実主義者であり、また、日頃から妻が一番大事だと言っていた父は、この状況にどう対応したか。

漢方薬は当然のこと、信じられないことに、怪しげなお札さえ、金で買えるものは何でも買った。つまり、父は母の病状改善のために、ありとあらゆることを試みたのだった。

現実を見据え、冷徹とも思える判断を貫いてきた現実主義者大橋武治とは思えないような行動だった。

そして、とうとうある新興宗教の教祖のお告げに従って、東南の方角に歩いていって最初に見つかった井戸水を母に飲ませるということまでやり、あろうことか、その教祖に三〇〇万円という大金を払ったのである。

三〇〇万円というのは、いまなら二五〇〇万円、三〇〇〇万円くらいの価値になるだろう。そんな大金をわけのわからない井戸水にかけたのが、あの大橋武治だというのが僕にはとても信じられなかった。

母の死後、やっと落ち着いた頃を見計らって、僕はその水のことを父に訊いた。ちょっと咎《とが》めるような調子も入っていたかもしれない。

「あれ、ほんとに効くと思ったの？　いつものお父さんの判断だとはとても思えなかったけど」

すると、やはりそう思っていたか、というような顔をして、父はこう言った。

「なに、効くなんてまるっきり思っちゃいないよ。どうせインチキなのはわかっていたさ。だがなあ克巳、効くと聞きゃあ、何でも試す、そうしないでお母さんを死なすわけにはいかなかったんだよ。金ですむことならやる。それが生き残る者のつとめなんだ」

死んでいく愛する者へのつとめを果たしたのだと答えてくれた父。その母への愛情の深さ、大きさに僕は感動した。

一方で、ものを売りつける宗教というものを今後いっさい認めないということを、このとき僕は心に誓ったのだった。

ねちねちしない、ぐずぐずしない。人生を律する下町コード

父や僕たちの願いもむなしく、その年の暮れ、僕の最愛の母、大橋らくはこの世を去った。五三歳という若さだった。

母は浅草馬道で一四代続いた川魚問屋の娘で、文字通りチャキチャキの江戸っ子。曾祖《そうそ》父《ふ》大橋武平治の上京後に明治の東京で生まれた父を東京っ子と言うならば、母は生粋の下町っ子だった。

僕の考え方やものごとの判断の仕方は、現実主義者の父の影響を色濃く受けているが、

もっと大きく見ると、いわゆる下町気質というものが僕の好き嫌いや行動規範、つまり人生の陰影のベースになっていることに気がつく。

下町というのは、みんなが何らかの商売をしていて、人情がある。ぐずぐずしない。ねちねちしない。はっきりものを言う——。いまもって僕の人生を律しているのは、こういった下町コードである。

もちろんそうした気風、気質は、僕が生まれた故郷、両国という下町が育んでくれたものだと思う。ただ、そこに密度というものを加えてくれたのはまさに純生の下町っ子大橋らく、僕の母親だったといって間違いない。

それともう一つ、思い出の中で「下町」と「母」につながる言葉を記しておこう。

「お前は、大事なあと取りなんだから、お父さんのあとを継いで、気立てのいい下町の娘をお嫁さんにもらって、早くお母さんを安心させておくれ」

これだから、早稲田の学生の頃につき合っていた彼女を紹介しても、いい顔をしなかったわけだ。母は自分で気立てのいい下町娘を探そうとしていたのかもしれない。

最初の結婚に失敗し、二度と結婚はしないと思って甘い独身生活を謳歌《おうか》していた三〇代の僕。人気タレントの大橋巨泉が、突然の嵐に巻き込まれたような展開でつき合うようになった彼女は、浅野寿々子というひと回り以上年下の歌手兼女優だった。

そして、彼女の実家は僕の両国の実家と同じ墨田区内の業平橋《なりひらばし》。都電でいえば両国と業平橋は一直線で、すぐそこだ。

彼女の実家で出してくれる夕飯が何とも言えぬ下町の味で懐かしかった。しかし、結婚しても彼女を幸せにできるかどうか自信がない。悩んでいるとき、ふと聞こえてきたのが亡き母の声だった。

「お前はね、気立てのいい下町の娘と結婚するんだよ」

昭和四四（一九六九）年の夏、三五歳のバツイチ男が、二一歳の幼な妻とローマの教会で結婚式を挙げた。

「プレイボーイの美少女誘拐」などと揶揄《やゆ》されながら、「三年持つか」などと冷やかされながら、以降、四十数年。金にそれほど悩まされることもなく、命に関わるような病気ともうまくつき合いながらそこそこの健康生活を維持し、おおむね幸せな暮らしを寿々子とともに続けることができた。

「お父さんのあとを継いで」の部分だけは別にして、母の予言は、見事に当たったといえるだろう。これが、僕の唯一の母への親孝行かもしれないとひそかに思っている。

第四章　「覚悟」

いじめにあったのは、生意気で東京っ子だったからか?

満州事変から始まった中国大陸での軍事紛争は、昭和一二(一九三七)年から本格的な日中戦争となって、状況は泥沼化していた。そして、その先にあったのが昭和一六(一九四一)年一二月八日に始まった太平洋戦争。アメリカ、イギリスなど連合国を相手にした、あまりにも無謀な戦争だった。

そうしたなか、東京は米軍の空襲にさらされると判断した父が、早々に住まいのあった両国から千葉県横芝へ家族を疎開させたことはすでに書いた。

その疎開先の横芝で僕は激しいいじめにあったのである。もともと、両国の小学校ではいじめなどいっさい経験しなかったので、そういうことになろうとはまったく予想もしていなかった。

僕は身体も大きかったし、成功していた父の下、長男のお坊ちゃんとして育てられていたから態度も大きかったのだろう。東京からきた人間として、田舎をちょっとバカにしていたのかもしれない。

疎開先の村の子たちにすれば、やってきたばかりの色が生白い東京の子が、妙に生意気にしているのが許せなかったのだと思う。一方、僕のほうは、彼らの視線の意味がわからなかった。

地元の有力者の息子Aをボスとする悪ガキグループに執拗《しつよう》ないじめを受けた。後ろから突き飛ばされて川に落とされる。登下校の途中で落とし穴に落とされる。そんなことが何度もあった。

あるとき、僕たちの小学校で相撲大会が開かれることになった。僕にとっては、その疎開先の小学校で初めて参加する相撲大会だった。当時、相撲は全国民的に最も人気のあるスポーツで、小学校レベルでも相撲が盛んだった。

僕が住んでいた両国はご存知の通り、国技館のおひざ元。近所には相撲部屋もたくさんあった。その中でも、大橋家は名門二所ノ関部屋と懇意にしていた。

二所ノ関部屋の横綱で親方も兼ねていた玉錦が大のカメラ好きで、外国製の高級カメラを求めてうちの店によくきていたからである。そのとき、お供でついてきていた弟子たちとも、自然と仲良くなった。

「大橋の坊ちゃん、上手投げはこうやるんだよ」

「内掛けはな、こうやるとうまくいくんだぜ」

僕が二所ノ関部屋に遊びに行くと、若い力士たちがそうやってよく教えてくれた。だから、僕は身体が大きい上に、プロ仕込みの技を持っていたので、同じ小学生相手では負けたことがなかった。

さて、横芝の小学校の相撲大会の当日。当然のように僕はトーナメントを勝ち上がった。そうして三人ほど抜いたところで、なぜかBが近づいてきた。そして、僕にこう囁《ささや》く。

「ねえ、大橋君。このままいくと、決勝でA君と当たるよな」

「ああ、そうなるかな」

「A君には、負けてけれ」

「何で」

「何ででもねえよ。A君に勝ったら、おめえ、えれえことになっぺよ」

これはBが親切心で僕に言ってくれているのでも何でもない。Bは地域のボスの息子であるAの子分で、僕との勝負に自信がないAがBを使って僕に脅しをかけてきたのであろう。

結局、決勝はAとやって、二所ノ関部屋仕込みの二枚蹴りで僕が勝ったのだが、そのあとがまるで時代劇のような展開になった。主人公がチンピラやくざたちに待ち伏せされて襲われるという、よくあるパターンだ。

自宅への帰り道、材木置き場にさしかかると、バラバラと五、六本の角材が倒れてきて、行く手を妨害する。「おっと、あぶねえ」とよけたところへ、数人の悪ガキが出てきて因縁をつける。

「おい、何でA君に勝ったんだよ、この新参者の東京っぺが」

こんなことを言いながら、殴りかかってくる。

ふと見ると、番長のAが材木置場の一番上に座って子分どもの働きの様子を眺めている。きわめてわかりやすい「いじめの構図」で、悪ガキどもは僕に対する報復に加わらなければ、今度は自分がAからやられてしまうわけだ。

こういったいじめの力関係は、基本的にいまでも変わらないのだろうと思う。

「お前をやった奴を殺して私も死ぬ」と母は言った

そうした地元の子どもたちとの「いじめ」をめぐる人間関係の中で、一番忘れられないエピソードがある。

先の相撲大会の集団報復襲撃のあと、今度は、僕に「決勝は負けろ」と言いにきたBが、竹竿《たけざお》を持って襲ってきたのだ。

多分、僕に忠告をしに行ったのに、それが効果がなかったことをAに咎められたのだろう。一人で「おとしまえ」をつけてこい、とでも言われたのかもしれない。彼もまた、Aの支配の下で、僕をやらなければ自分がやられると考える。そういうパターンの中での行動だったと思う。

とにかく、ちょっと屈折した目をした、変な奴だった。そいつが、こう言って因縁をつけてきた。

「せっかく俺が忠告してやったのに、何で聞かなかったんだ。俺の顔をつぶしやがって、この野郎」

いっぱしなもの言いだけれど、やることは卑怯《ひきょう》だった。僕が自転車をこいでいるところへ、いきなり前輪に青竹を突っ込んできた。僕は転倒する。そこに向かってBは割れた青竹を打ちおろしてきた。

割れた青竹は弾力があって、しなった部分が口を開く。その口が僕のふくらはぎに食いつくかっこうになって、払った拍子にガッと肉をそぎ取っていった。白い骨が見えた。

この事件のときは、母はまず学校と警察に掛け合った。しかし、警察にしろ、若い人間はみな兵隊に取られているのだから、老人しかいない。彼らは、だいたいこういう件は面倒くさがるのが常である。

「奥さん、これは子どもの喧嘩《けんか》じゃありませんか。何も親が出ることはなかっぺよ」

まるで取り合ってくれる様子がない。

そこで母は、こう言った。

「もう警察は当てになんないから、私が自分でやる」

そうして、母はBの家に乗り込んで啖呵を切った。

母は一四代続いたチャキチャキの江戸っ子、浅草育ちの生粋の下町っ子だ。

「克巳は私の大事な大事な長男です。大橋家のあと取りです。もしも、このケガがもとで歩けなくなったら、お宅の子どもを包丁で刺し殺して、あたしも死にますから」

これで、以降、地元の悪ガキたちから武器を使った襲撃を受けることはなくなった。

そして、ご近所の噂《うわさ》ではこういうことになった。

「あの東京っぺの奥さんはすごいよ」

親の覚悟が子どもに与える影響

僕の母は、親としての根性がすわっていた。親としての覚悟のほどが違っていたといってもいいかもしれない。

確かに、僕たちが子どもだった頃の教育的背景は、長幼の序であったり、親に孝行せよ、というのが世間の掟の基本だったりではあった。しかし、僕が自分の母や父のことを思うのは、それだけではない。

この項でエピソードを紹介した母や、独自の哲学、考え方を通してぶれなかった父。二人とも、親として肚のすわった母親、父親だったと思う。

シンプルに言えば、「何があっても、あるいは何かあったら、絶対にお前を守る」ということだ。そういう親を、子どもは裏切れないと思う。当たり前に、そういう親に迷惑はかけられない、ひいては社会に迷惑をかけられないということになると思う。

たとえば、いじめられたとき、学校も警察も当てにならないとなったら、命がけで相手の家に乗り込む。自分で包丁を握っていく。いまはそういう親がいるか、ということである。

いや、実際に乗り込むか、包丁を握るか、という話ではなく、親としてそこまでの覚悟があるかどうかということ。そういう親に育てられたからこそ、僕は親が「克巳、こういうことはよせよ」ということは、基本的に真正面から受け止めてきた。

たとえば逆に、もし僕がいじめる側の人間であったなら、母の包丁は僕に向かっただろう。子どもが間違った道に入ったと思ったら、それほどの覚悟をもって引き戻す。それが、親というものだろうと思う。

余談かもしれないが、僕には先妻との間に娘が二人いる。きちんと育ってくれて、二人ともジャズシンガーとして仕事をしているし、孫もできたのだから、何も言うことはない。そう思うと同時に、「俺に、男の子がいなくてよかった」という感慨を持つことがある。もし僕に男の子がいたら……「俺の子だから、マリファナぐらいやっただろうな、最低でも」などと笑い話に言うことがある。

さて、いつの世にもバカな親子はいるもので、その典型としてときどき有名な俳優や女優、タレント、司会者などの子どもの不祥事が世間を騒がせる。

最近では、有名司会者の息子でテレビ局勤務の三十男が警察の厄介になって云々という騒動があった。このとき親の有名人は「いつまでも子どもの責任を親が背負うというのは、日本の悪い風習ではないか」といった一般論を展開して、自分には責任はない、というニュアンスのコメントを出していた。

しかし、長男も次男も日本を代表するテレビ局に勤めているといった、世間一般とは大いに異なる世渡りをしている段階で、すでに一般論は通用しない。このことが彼にはわかっていなかったようだ。

僕ならどうするか。何はさておき、ぶん殴るだろう。

僕の母は、紹介したように、生粋の江戸っ子で「相手をやって、私も死ぬ」といった気風。父のほうは、僕の曾祖父が岐阜から上京してから生まれた人だから、明治生まれで大正デモクラシーの空気を吸い、昭和初期のいわゆるモボ・モガの時代を満喫した東京っ子。徹底した現実主義者で、「ほっとけ」が口癖だった。

この二人が惚れあって結婚し、長男として生まれたのがこの僕である。

父は「殴ってもしょうがねえ。ほっときゃいいんだよ」という人だったから、つまらないことをした子どもを「ぶん殴る」という点では僕は「相手をやって……」の母親に似たのだろう。

いずれにせよ、親の子どもに対する責任感や義務感が軽くなったし、覚悟もなくなった。その分、子どもも親に対する責任感や義務感、つまりこんなことをしたら親に迷惑をかけるかなといった感覚や、親に申し訳ないといった感情も薄くなったのだろう。

そうでなければ、例の有名司会者とその息子の愚行をめぐるバカ騒ぎのようなことが起こるわけがない。

「お前は半人前だから責任の半分は親にある」と言える覚悟

少年時代の僕が、父に言われ続けていた言葉がある。いまでも耳の奥に残っている。「お前は半人前だ」という言葉である。

では「一人前」とは、どういうことか。父の辞書には「自分の力で食べられるようになること」と書いてあったようだ。そしてそれは、一人前になったら、人に迷惑をかけない限り、何をしてもよい、という処世訓に続く。

これは、見方を変えると、一人前の人間になるまでは、つまり子どもが半人前の間は、あとの半分は親の責任だということになる。この考え方は「だから、俺はお前の行動を制限する」という論理につながっている。

父の論理は、常に単純明快だ。そこが、実に商売人らしいところである。ただ、あまりにもすっきり原理原則すぎて、子どもの頃の僕は不服不満ばかりであった。

まわりの友達を見ると、けっこう甘い親ばかり。小遣いもふんだんにもらっているようだ。うちのオヤジも、もうちょっと融通が利かないものかというわけだ。

しかし、父の原理原則はぶれがない。僕が勝手に早稲田中退を決めたときも、店のあとを継がないと言ったときも、「自分で稼いで暮らしていくなら、何をしたっていい」ということで、一つの反対もなし。すっきり自由にさせてくれた。

僕は、こういう父を尊敬した。こういう父に、自分もなろうと思った。

世の中を見ると、たいがいこの逆のようで、自分の職業を継がせたいために子どもを甘やかす親が多い。実際、僕の周囲にもそういう親がたくさんいる。そして、たいがいが、失敗を味わうことになる。

なぜか。そういう親たちは、自分の子どもを甘やかすことで、自分の責任から逃れているからだ。親としての覚悟を放棄しているからだ。

僕が現実主義者の父の原理原則から学んだこと、それはそれほど複雑なことではない。

「世の中には自分の思い通りにならないことがたくさんある」

こういうことである。

当然のことながら、人によって「やりたいこと」は違う。だから、人が生きている限り

「やりたいこと」がぶつかりあう。それが世の中というものだ。

そして、だからこそ、人はそれぞれの「やりたいこと」を譲り合い、尊重しあって、「やりたいこと」のうちの「できること」を一生懸命やる。そうやって社会は成り立っている。

人はそれを「妥協」と言い、その味がわかり始めたときに、やっと「一人前」の人間の入り口に立つのだろう。

先に紹介した母のエピソードに戻ると、僕に対するいじめを警察が「子どもの喧嘩だから」と言って取り合わなかったとき、ものすごい形相をして相手の家に乗り込み「この子にもしものことがあったら、お宅の子どもを殺して私も死にます」と彼女は宣言した。それを境に、僕に対するいじめはとまった。

実は、このことで、僕のほうも疎開先の子どもたちと妥協するようになった。なぜか。僕が突っ張り続けて、またいじめにあえば、大事なお母さんが死ぬことになるかもしれないからである。

それほど、そのときの母の必死の形相は迫力があった。怖かった。

そして、その「覚悟」の行動のリアリティによって、親の責任というものを伝えられたのと同時に、僕は子どもの責任というものも感じ取った。

こんなにしてくれる親を裏切れない、ということ。ひいては、社会をあざむけない、ということ。最終的には「思い通りにならないことがあっても、仕方がない」ということを知るのである。

いま、いじめが社会問題にまでなっているが、いじめにあいながら、親にも相談せず自殺してしまう子どもも多いと聞く。しかし、親が、子どもを命がけで守る覚悟を示せば、子どもは何かがあったときには必ず親に相談するものだ。少なくとも、僕にはそういう親がいた。

その母が身をもって僕に教えてくれたことがもう一つある。それは、健康の重要性である。

先にも書いたが、大変な働き者だった母は、発見が遅れたこともあってか、子宮ガンの手術も手遅れとなり、五三歳という若さで死んでしまった。このことで、もう少し早く手当てをしていれば、という思いが僕に残った。そして、働いて金を稼ぐ、それも大事だが、いずれにせよ命あっての物種、という根本原理が改めて胸に沁みた。

命を支えるのは健康。何よりも健康第一。少しの体調異変も軽視せず、すぐに手当てをする。対応処置をする。母の遺体にすがって泣きながら僕はそう思った。

これは、覚悟というよりは、早世した最愛の母に対する僕からの誓いということになるだろうか。

わが師、山口瞳《ひとみ》先生の「非戦」の覚悟

僕には人生の中で先生と呼べる方が三人いる。ただ、「師」と呼べる人、となると、作家の山口瞳先生ただ一人、である。

といっても、はっきりとした師弟関係があるわけでもなく、僕が勝手に「人生の師」と仰いでいるだけで、先生には迷惑だったかもしれない。

偶然ではあったが、趣味が一緒で、将棋、競馬、酒、野球、相撲などなど、楽しく語り合うなかで、ものの見方をはじめ、多くのことを教えていただいた。とりわけ僕がうれし

かったのは、平和についてのスタンスが同じだったことである。

大正一五（一九二六）年生まれ、九歳年上の先生とのおつき合いは一九七〇年代のはじめの頃から始まって、平成七（一九九五）年に先生が亡くなるまで続いた。その折節で、たくさんの名言を僕に残してくださった。

その中で、最も強烈であり、かつ深く僕の胸に響いた言葉を次に記しておきたいと思う。それは、先生の生き方の根底にある「覚悟」をきちんと示されたものだと思うからである。

「私は卑怯未練の理想主義者である」という先生の言葉を思い出すと、いつも背筋がすっと伸びる。心を打つ。この言葉は次にこう続くからだ。

「人を傷つけたり殺したくないために、亡びてしまう国があったというだけで十分ではないか」

日本人がなかなか言えない言葉でありながら、心の奥底でこう思っている人は多いのではないだろうか。僕はそう思う。

テーマは、おわかりのように、戦争についての論議。戦後何年か経って日本の再軍備が問題になったときに出た山口瞳先生の言葉である。

つい七〇年ほど前の、日中戦争から太平洋戦争であれほどの惨禍を味わったにもかかわらず、この日本という国では、まるでもぐらたたきのように再軍備を望む動きや、戦前の教育を含めた軍国主義体制を賛美する動きが間断なく起きてくる。

そして、単純と言えば単純な話だが、近隣諸国とちょっとトラブルになったときなど、ほら大変だといった調子のコメントを連発する連中が出てくる。

誘発されるように、このテーマでは、ついつい大きくて勇ましい言葉ばかりが話題になる。「やっちゃえ、やっちゃえ」の行け行けドンドン。こういう軽薄な輩は、いつも必ずいる。

一発やってやるか。そういう奴に限って、本当に戦争になったら最前線には絶対に行かない。最前線に行かされるのは、いつも若者だ。大声で焚《た》きつけた連中は、いつもどこかに隠れてしまう。だから、戦争はしないがいい。

戦争をしない。具体的に言えば、敵という名前の相手を傷つけたり殺したりしない、ということになる。

そう言うと、必ずこう反論する奴がいる。

「お前、それじゃあ、殴られたらどうするんだよ。銃を突きつけられたら、どうするんだよ。それでもやらないのか」

こういう言い方を好む連中は、戦いや争いをあらゆる手立てを講じて回避する、そういう努力をするという頭がない。想像力がない。だから、やられたらどうする、自衛しなくていいのか、という「強盗侵入論」、「戸締り論」をすぐに、そしてしたり顔に展開する。

強盗に対する戸締りと、国家間の究極の戦いである戦争とを同一に論じるのはあまりにもバカバカしすぎる。たとえ話にもならない。しかし、人は単純なたとえ話に反応する。わかりやすい話が大好きなのだ。

だからこそ、そうした単純な話にも対応しなければならないときは、きちんと対応しなくてはいけない。その対応の究極のコメントが、この山口先生の「私は卑怯未練の理想主義者である」という言葉である。

山口瞳というと、「頑固親父」とか「小言幸兵衛」と、「保守的」といったイメージが強いかもしれないが、実は、静かに、そして覚悟を秘めて、きちんとこういう発言をする人だった。

――人を殺したくない。傷つけたくない。そういうことを徹底したがゆえに、自分たちが滅ぶ。そういう国があってもいいじゃないか。

このことのために、卑怯未練な男とか、臆病者とか言われてもかまわない。かえって、誇りとすべきことかと存ずる。――ということ。

究極の「非戦論」。ここまで言われると、誰も反論はできないだろう。ここまで潔ければ、ある意味、かっこいいとも言える。

自分は臆病者である、とは大の大人がなかなか言えるものではない。多分、いいかっこうしいの安倍晋三氏などは、決して口にしない言葉だろう。

戦争を拒む、究極の覚悟を込めた言葉である。僕には、戦中派の友人知人がたくさんいるけれど、こういう覚悟を込めた言葉を聞いたことがあまりなかった。言葉の持つ力を感じたのも、初めてだった。

戦争好きの連中の声高な論、乱暴稚拙な論の立て方につられて、反論するほう、反戦、平和を語るほうも、ついつい大上段に振りかぶった、紋切り型の物言いになりがちである。

そうしたなかに、山口先生のこうした発言があることがいかに貴重か、多くの方々に認識していただきたいと思う。短いながら、まさに人間の違いというものさえ感じさせてくれる名言といえるだろう。

僕が山口先生から学んだ最大のものは「ものごとを一方の側からだけ見るのはやめよう」ということである。その点からいえば、日本という国の情勢を、外国からの視点で見てみるというのも絶対に必要なことだと思う。

日本だけの論議をしていると、すぐに「やっぱり日本が一番いいよね」という、何の論拠もない「やっぱり」論になってしまうし、何の根拠もない外国蔑視《べっし》がまかり通る。昔から「夜郎自大」という言葉が語る通りである。

あるいは、誰かがすぐに口にする「国益」なるものがある。これも、もう一方から見ると、本当に、あるいは大きな意味で僕たち国民の益になることなのか、その人間たちが考える範囲での益なのか、よく見えてくるはずだ。

また、戦争や再軍備についての議論の中には、再軍備の可否とか、どれくらいの軍備なら普通の国なのかといった各論におちいることもしばしばある。そうしたときに、別の角度からの見方として、もう一度「本当に人間同士、国の命令で命のやりとりをするのか」

といった原点に戻る。

こういった「ものの見方」の大事さを教えてくれたのである。


「ものごとは一方から見るだけではダメだ」


山口先生には、ものの見方と人間の覚悟について深い教えをいただいた。ここで、先生とのおつき合いのきっかけとなったエピソードを記しておこう。

放送作家だった僕があの日本テレビの「11ＰＭ《イレブンピーエム》」に最初に出たのが昭和四〇（一九六五）年の一一月。司会を始めたのが翌四一年の四月から。それからの四二、四三、四四、四五年と、向かうところ敵なしだった。

ＴＢＳで「お笑い頭の体操」も始まっていて、フジで「ビート・ポップス」をやって、ラジオはＴＢＳ、ニッポン放送、文化放送、ラジオ関東と民放全局でレギュラー番組を持っていた。

人気司会者というよりは、大人気タレント、スター気取りだったと思う。

もっと言えば、典型的な天狗状態。調子に乗っていた。どこかの首相のことを揶揄するわけではないが、人気があればいいだろう、力さえあればいいだろうと、いい気になっていた。

いま振り返ってみたら汗顔ものだが、何とも鼻持ちならない、いわゆる強者の論理、勝ち組の論理を振りまわしていたのである。

そうしたとき、さらに天狗になるようなオファーがきた。「週刊朝日」での連載対談のホスト。

つまり、日本一の話術の達人とうたわれたあの徳川夢声さんが長年担当されていた「問答有用」という有名な対談企画の後継者に指名されたのだ。文句のいいようのないオファーだった。

新スタートの連載対談のタイトルは「巨泉の真言《しんげん》勝負」。真剣勝負をもじったものだが、「これで、俺はテレビ、ラジオ、週刊誌という大マスコミの大所、そのすべてでレギュラーを持ったぞ」というわけで、天下を取ったような気分だったのだろう。

その何回目かの対談ゲストに山口瞳さんにきていただいた。もちろん、著作を読んで、僕が編集長にリクエストしたのである。

対談の中で、僕は言った。

「以前、山口さんが書かれていた、弱者がいなければ強者はいない、という、あの文章を読んで、頭を後ろからガーンと殴られたような感じがして、人生観が変わったことを思い出します」

すると山口先生は静かにこうおっしゃった。

「その通りです、巨泉さん。負ける人がいなければ、勝者は生まれないんですよ」

この言葉は、僕にとってまさに「目からウロコ」だったのである。

競走で一着になるのは、二着、三着の人がいるからだ。

一着で万歳しながらゴールする奴の背中を見つめる二着の人間の心情。次々と追い抜かれビリになりながら走り続けている奴の思い。あるいは殴られた者、足を踏まれた者のほうからの視点。

いままで「○」だったものが、見方を変えれば「×」になることもある。四角だと思っていたものが、向こうに回ってみると三角だったということもしばしばある。ものごとに対して、こういう捉え方ができるようになったのも、その頃からのことである。

いずれにせよ、僕にとっては、僕の人生にとっては、実にありがたい出会いであったことは間違いない。

以来、「ものごとは一方からだけ見てはいけない」、「何事も両面から見る」というのは、僕の人生のスタンダード中のスタンダードになっている。

対談のあと、僕は山口先生と、もっとお近づきになりたいと思ったけれど、すぐにはご自宅に伺うことなどできなかった。ずいぶんと生意気なことを言ってしまったし、多分僕は先生の嫌いなタイプなのだろう、と勝手に思っていた。

ところがあるとき、山口先生の「週刊新潮」での有名なコラム「男性自身」に僕のことが書いてあるという。

読んでみると、「大橋巨泉は、大きな声でガハハハと笑いながら傍若無人にふるまうというふうに世間に思われているが、本当は神経が細かくて、ずいぶんと気遣いができる男なのだ」というふうに書かれている。

僕はもう、子どもみたいにうれしくなった。「あれ、先生は俺のこと、嫌いじゃないいんだ」というわけで、さっそくご自宅まで伺いたい旨連絡すると、「どうぞいらっしゃい」となった。そこから、本当に親しくさせていただき、僕にとっては「師事」ともいえるおつき合いが始まったのだった。

早稲田大学中退。学歴を捨てる覚悟

ここまで、「覚悟」というテーマで父と母、つまり両親のエピソードや言葉、そして人生の師としての山口瞳先生の「覚悟の言葉」について書いてきた。このテーマの最後に、僕自身の思い出に残る「覚悟」について書いておこう。

昭和三〇（一九五五）年、僕は早稲田大学政経学部新聞学科を四年で中退した。これで、オフィシャルな学歴としては高卒、ということになる。

明治以降、近代国家体制の整備を急務とした日本では、軍方面でも、産業経済界でも、学歴が大いにものをいう社会になっていた。いわゆるエリート主義である。そして、とりわけ戦前・戦中の日本を牛耳った旧陸軍などは、偏った学歴主義のために破綻《はたん》したと言ってもいいだろう。

敗戦後も一〇年近くたつと、世の中も復興期からようやく落ち着いた経済活動、産業活動に移り、さらなる成長期に向かおうとしていた。そうなると、また、役人の世界でも、あるいは大企業を中心としたサラリーマンの世界でも、再び学歴がもてはやされる時代が到来することは目に見えていた。

そうした時勢の中で、僕は大学卒、それも、一応メジャーとして通用する早稲田大学卒の学歴を自らの意志で放棄したのである。

その時点では、それほど深く考えてしたことではなかったような気もする。もっと言えば、漫画のような顚末《てんまつ》だったな、と振り返ることもある。

いずれにせよ、この大学中退という決断が、その後の僕の仕事、稼ぎ、働き方の方向を決めたことは間違いない。そして、それは、僕の考え方、生き方のベクトルを決定づけたことも確かである。

そういう意味では、この大学中退という行為は僕の人生の中では、最大級のターニングポイントだったのではないだろうか。

もし、五六歳での「セミ・リタイア宣言」が人生後半の生き方を決めた大きな「覚悟」だったと位置づけるならば、「大学中退決意」は僕の人生全体における決定的な「覚悟」だったということになるだろう。

ただ、そこに至るまでには、僕の中で学歴に関する考え方についての紆余《うよ》曲折があった。まず、そのあたりの経緯から書いておきたいと思う。

校則や体罰のくだらなさ

だいたい僕は、大学進学にはあまり興味がなかったのである。

先に紹介したように、高校に進学した僕は、「アメリカ行きたし」の思いが募って、語学学校アテネ・フランセにも通うことになった。英語を身につけるための親公認のダブルスクールである。

そして、この件については父も、これからの商売には英語も必要だろうという判断をしたのか、賛成して学費も出してくれることになった。

しかし、そこから先の進学、つまり大学進学についての意識はどうかといえば、かなり曖昧だったような気がする。

ここで、戦後の僕の学校生活を時系列でたどってみよう。まず、千葉県横芝に疎開していた関係で、旧制の成東中学（現・成東高校）に入学。そして、東京・両国に帰ってから、近所にあった私立の日大一中の二年生になる。

この間に、旧制から新制への学制の改革などもあり、僕は昭和二四（一九四九）年の四月に日大一高に入学。晴れて高校生になったのである。ただし、現在では人気校になった日大一高も、当時は喧嘩の強いことで知られる男子校だった。

この日大一高の一年のとき、僕はさっそく退学問題と直面している。僕は、中学時代はよく勉強した。しかし、高校生になってから、勉強に身が入らなくなってしまった。なぜならば、日大一高からは、よほど学業成績が悪いか非行少年でない限り、ほとんどの者が日大に進学できた。

一方で、だからというべきか、国立大や早慶など有名大を目指す連中はよその高校に転校していき、僕を刺激してくれるライバルがいなくなってしまった。

これでは勉強する気がなくなるのも当然かもしれない。そのうえ、髪形や帽子、制服、襟章など、身なりに関する校則の順守については、やたらうるさかった。あまりにも形式主義的、権威主義的で、くだらないことこの上なし。僕はうんざりするばかりの毎日で、すっかりいやになっていた。

しかも、少しでも「校則違反」を発見すると、有無を言わせず殴る、という教師もいた。いわゆる体罰。僕の父の言葉に「口で言ってわからない奴は、殴ってもわからない」というのがあるが、これは現実主義を信条とした父が、現実の中から見つけ出した真理で、殴って残るのは、殴られた恨みだけである。

教師が体罰を加えることに、正当な理由は一つもない。しかも悪いことに、朝出がけに女房と喧嘩した、気分が悪い、そんなときに学校での絶対的弱者である生徒の「校則違反」を見つけて感情の赴くままに殴る。気分で殴られたらたまったものではないが、そういうことは、現実にあると思う。まったく、くだらない。

のちに、僕のテレビ番組「巨泉の　こんなモノいらない!?」で「校則」というテーマを二度にわたり取り上げたことがある。昔、大橋克巳君が「校則」にうんざりした時点から数えて四〇年近くがたっていた。僕は、日本中の中学、高校にいまだにこんなくだらないものが残っているのかと、驚いたものだ。

この、生徒を形式で律する、平たく言えば形で縛ることが、日本の青少年教育をどれくらいゆがめていることか。これが、「まわりと同じことをする」、「平均的にできる」ということを旨とする官僚的日本人を大量につくってしまったのだ。

恩師、前田治男先生との出会い

高校一年生で発生した僕の「高校、やめちゃおうか」問題は、親友たちも一緒に悩んでくれた。そういう青春があったのだ。

親友たちはみな、「せっかく入ったんだから、高校は出ておけよ」と言う。こういう意見の背景には、当時の子どもの高校への進学率がある。若い読者には信じられないかもしれないが、昭和二五（一九五〇）年前後の中学から高校への進学率は四〇パーセント強で、現在の大学への進学率より低い。中卒で働くというのは普通のことで、高校へ行けるというのは恵まれていたのである。

余談だが、当時の子どもは、よく働いた。僕も、自慢ではないが間違いなく「働き者」で、父に次ぐ「働き手」としてよく店の手伝いをした。正月早々から自転車の荷台に相当な重さの商品を積んで、両国から浅草、神田、銀座、新橋方面まで走り回った。

僕の基礎体力は、戦時中に疎開した千葉県横芝での往復八キロの徒歩登校と、戦後のこの自転車営業で培われたようなものだといっていいだろう。

さて、僕の高校退学問題は、親友たちの説得や、彼らとの交遊が楽しいといった高校生っぽい理由もあって、いったんは思いとどまることにした。

また、日大一高にはくだらない先生もいたが、尊敬できる先生もいたのである。

山口瞳先生の項で「僕には人生の中で先生と呼べる方が三人いる」と書いたが、そのうちの一人が、高校一年のときの担任で、国語の教師であった前田治男先生である。

前田先生は、軍隊から復員して天涯孤独。学校の屋根裏部屋のようなところに住んでおられた。そこに僕たちはよく先生を訪ねて行ったのだった。

前田先生は、形式主義者、権威主義者とは正反対の自由放任主義で、服装などについてもうるさく言わないし、正月には僕たちにも酒を飲ませてくれた。

とにかく、「戦争とは痛いもの、汚いもの」ということを先生はリアルに、身をもって知っていたのだろう。全体主義的な考え方や、いわゆるエスタブリッシュメント（既成の権力体制）に対する嫌悪感を持っていて、勉強はできなくてもいいから一人でも多くの民主的な若者を育てようとしていたのだと思う。日本の将来を、そういう若者たちに託したかったのだと思う。

敗戦で一八〇度価値観が転換した元皇国少年の大橋克巳君は、そういう先生を新しい時代の指針のように感じ、慕った。教師と生徒の幸せな関係があった時代のことである。

その頃のことを自分の日記で振り返ると、すでに押しつけではなく「自分なりに考える」ということが習慣化していたようだ。これも、多分、前田先生の影響だろう。のちに山口瞳先生から「何事も両面から見ること」を教わったが、その萌芽《ほうが》は高校生時代にすでにあったのである。

学歴は持っていて悪いものではない

例の退学問題が僕の中で再燃していて、高校二年で高校を退学する、と決めていた。その考えを変えてくれたのも前田先生である。

先生は、僕の心中を察してくれていて、学校ですれ違うときなどに「学校をやめたらいかんぞ」などと言われていた。

そして、先生は教室において常々、「君たちは自分なりにしっかり勉強することが大切だ」という話をしてくれていたのだが、あるときの話で、こう切り出したのだった。

「みんなの中には、自分はたったいま社会に出ても立派にやっていける、世の中は実力の世界、と思っている人がいるかもしれないが、それは大間違いだ」

この話は、僕に向けられていることはすぐにわかった。

僕は、こんなくだらない高校で時間を使うより、やめて働いたほうが世のため、人のため、家のため、自分のためにも、よほどいいや、勉強は英語をやれば十分だ、などと生意気にも考えていたのである。

そうした僕に対して、先生はクラスのみんなに語る、という形で僕一人に語りかけてくれたのだと思う。

先生がこの形でなく、最初から一対一で僕と話をしていたら、僕の性格上、何だかんだと理屈をつけて先生を言い負かしていたかもしれない。それを知っている先生は、クラスのみんなへの説話という形を取ってくれた。そうした先生のお考えの深さを思うとき、僕は何回感謝してもし足りない。

先生の話は続く。

「世の中で、実力は尊い。しかし、現在の日本の社会は、いけないことながら、まだ学歴その他にこだわる風潮が強い。そこで、自分は実力だけでいまのようになった、世の中は実力だけだと豪語しても、他人はそれをその人の強がりや僻《ひが》みからの発言だと取る」

そして、「これはいけないことだが」と繰り返しながら、さらに話を続ける。

「こうした風潮を直すには、自分が学歴を持ったうえで、堂々と実力論を展開すればどうだろう。そうすれば、他人は強がりや僻みとは取らないはずだ」

「学問はできるうちにしておくものだ。親の脛《すね》はかじれるときにかじっておくものだ。僕のように、かじりたくてもそれがない者は……」

この前田先生の話は、僕の胸に鋭く突き刺さった。

僕は高校を卒業しようというふうに考えを変えた。二度と高校を退学しようとは思わなくなった。そして、自分にとって最も関心の高いテーマである英語に関しては夜間の語学学校へ行くことにしよう、そう決めた。

もし、前田先生の説得がなかったら、僕は独学で十分だと生意気を言って高校を中退していただろう。そして、それ以降の人生はどうなっていたかわからないが、少なくとも現在までの八〇年とはかなり違ったものになっていたことは確かである。ひょっとしたら、話の面白い、下町の陽気な商店主になっていたかもしれない。

こう思いを致すとき、生意気な少年の心を変え、ひいては人生を変えた「先生」という仕事の偉大さに気がつく。「教職」とは「聖職」だと、つくづく思う。

勉強はやりたい科目をやればいい

こうして、日大一高とアテネ・フランセのダブルスクールとなった大橋克巳君の学校生活だが、このあたりの経緯が僕の人生の最初のターニングポイントだったような気がする。高校二年から三年になろうかというタイミングだった。

アテネ・フランセに通い始めた頃の日記には、「初等科のほうはやさしいが、予備科のほうはそうはいかない。授業は面白いが、理解は難しい。いずれにしても、一に単語、二に単語だ」と書いてある。

たとえば、アテネ・フランセの名物教師レオポルド・マレスコ先生などは、戦前から日本に住んでいて日本語が達者な人なのだが、教室ではいっさい日本語を口にしなかった。

このアテネ・フランセの経験も含めて、英語をマスターしたければ、日本語が使えない環境に身を置くべきだと、僕はいまでも信じている。

言葉は、あくまで伝達、コミュニケーションの道具であり、手段である。決して学問ではない。したがって、英語で話をしよう、会話をしようと思ったら、その内容は英語で考える。これしかない。

大半の日本人は、日本語で考えたものを英語に訳そうとするから、英語としてはヘンテコなものになる。使える英語ではなく、何かぎごちない、生硬な感じ。英語も言葉なのに、言葉としてこなれていない感じ。

英語ができるという日本の外交官や商社マンでも、この感じはぬぐえない。一方、僕はすべて英語で考えているから、外国人と同じ表現になる。こういうわけだ。

実は、僕も長い間、日本語で考えてからそれを英語に訳す、というパターンから抜けられなかった。それは、日本の学校教育の中に英語の試験があったからである。この基本的状況は半世紀の間、変わっていないと思う。

英会話に関しては、試験で和文英訳とか英文和訳をやっている限りは絶対に進歩しない。

このところ、全面的に英語で授業をする大学が増えているし、国際○○学部というのも増えているけれど、教える側や教育を管理する側の考え方がどれくらい変わっているかが問題だ。

以前、請われて東京都の外国語問題審議委員会の委員をやったことがあるが、そのときの僕の主張は学校教育の中の英語を必修科目から選択科目にせよ、というものだった。同じように、数学も物理も化学も、選択科目にすべきだと信じている。

なぜならば、やりたくない生徒、興味をまったく持てない生徒に無理やりそれを教えても意味がないからだ。意味うんぬんを言う前に、頭に入らない。これこそ時間とエネルギーの無駄である。

科目の選択制の拡大は、喜ばしいことだと思っているが、僕の高校生の頃、大学生の頃は、そういう学問は基本的に必ず修学するものだというガチガチの固定観念があって、それが多くの悲喜劇を引き起こした。この僕自身が、のちにその悲喜劇の主人公になったのだから、リアルな話である。

アテネ・フランセに通い始めて、僕の英語は上達したのは間違いない。遥か先の目標としては、「アメリカに行きたい」というものがある。手っ取り早い効果としては、大好きなジャズを聴くのがさらに楽しくなる、英語の歌詞がよくわかるようになるということがあるのだから、習得に身が入るのは当然だ。

早稲田に入学してからも、英語の授業は楽勝だった。しかし、一方で、大きな壁がその先にあった。

ラッキーにも助けられて合格したが

一時は高校中退も考えていた僕だが、前田先生の「学歴はあって悪いものではない」、「かじれる親の脛がある者は幸せだ」という話が身に染みて、卒業間際になって大学進学を考えるようになった。

基本的な考え方として、「アメリカに行きたい」というのは変わらず、そのためには外交官になるか新聞記者になるか、どっちかしかないな、という進路のイメージも変わっていない。しかし、大学進学を具体的に考える段階になって志望校を絞り始めると、いささか迷いが生じた。

たとえば東京外語大は国立だから受験科目に必ず理数がある。これが僕には難題だった。何しろ、高校時代の物理や化学、数学の時間は僕には苦痛以外の何物でもなかったのだから。いまでも、あれはマイナスでしかなかったと思っているし、それが先述の「すべてを選択科目にせよ」という主張につながっている。

いずれにせよ、理数系科目が受験科目にあるのではお手上げだ。ということは、これで外交官の夢はアウト。では、新聞記者はどうか。大学野球の大ファンであった僕は、早稲田びいきだったのだが、そういえば早稲田の政経学部には新聞学科というのがある。これだ、というので、受験日まであと一カ月というタイミングで、猛勉強を始めたのだった。

猛勉強といえばきこえはいいが、言ってみれば大掛かりな一夜漬け。乱暴な話である。

アテネ・フランセで二年間みっちり鍛えた英語は何とかなるだろう。あと、国語と日本史をどうするか。集中力には自信があったし、一夜漬け、ヤマ勘は大得意。したがって、何とかなるんじゃないか、と思っていた節はある。

もう一つの難題は、父。基本的には両親とも高校で十分だと思っていたはずだが、学校から大橋君は進学したほうがいいという話があったのだろう。いつの間にか、早稲田ならいい、ということになった。

父も大学野球は早稲田の大ファンだったし、昔からの「山手は慶応、下町は早稲田」という伝統もあってのことだと思うが、父としては商人の子だから自分の息子も商学部に行くものと思い込んでいた。

もっとも、父は「早稲田ならいい」と言ったものの、このなまけものの高校生が、これくらいの短時間の受験勉強で受かるわけがないよ、と踏んでいたようだ。

僕が受験したのは、政経学部、商学部、第一文学部の三つ。結果、ヤマ勘大当たりもあって、三つとも合格してしまった。

直感の鋭さ。本番度胸の良さ。とにかく一発勝負には俺は強い、という思い。あるいは、あがったり、パニくったりしない生来の性格。こういったものがすべてうまく機能したのだろう。

ただ、自分自身としては、ラッキーだった、というのが一番の実感だった。僕の持論に第一章で開陳した「人間運の総量は同じ」というのがある。運は人智を超えたもの。問題は、その運をどこで使うか、ということ。

僕は、家の仕事も懸命にやったし、ほかの高校生の何倍か悩み深い高校生活を送ったつもりだ。見ようによれば、かなりシビアな三年間だった。そのことに対して、神様がこのタイミングで運を与えてくれたのではないかと思う。そうでなければ、こうはうまくはいかない。

運のおかげ、ラッキーさんのおかげで、ほんとにひょんなことで大学生になることができた。こうなると、その「ひょん」を生かさなければ、ラッキーさんに申し訳ない。自分の行きたいところへ行く。これが「ひょん」を生かすための答えのすべてだった。

合格した三つの学部のうち、僕の第一志望は政経学部の新聞学科。しかし、父は商学部以外に考えているはずがない。さて、ここをどう乗り切るか。

結局、政経学部というのは政治経済学部で、経済のことも十分に勉強する学部なんだなどと言って、商売に役立つふうなイメージで話を通した。

後日談。父は何にも言わなかったが、母には「お前、私をだましたんだね」と恨み言めいたことを言われたのだった。

化学の授業で啖呵を切って教室を出た

僕は大学というところでは、自分の好きなことを勉強できるものだとばかり思い込んでいた。あとで同級生たちに「信じられなーい」とあきれられるのだが、本当に早稲田では好きな文科系の授業だけ受けていればいいのだと考えていたのである。

入試さえ突破すれば、あとはジャーナリズムを勉強して、うまくいけば新聞記者になって、アメリカに行く……それくらいのんきな一八歳だった。

合格通知とともに、履修科目についての説明書類なども届いた。それを見て、僕はちょっと驚いた。そこには、これから履修するものとして、僕の大の苦手の理数系の科目も厳として存在していたのである。

それでも、もって生まれた楽天主義。それもけっこう極端なもの。「極左」とか「極右」というのはあるが、極端な楽天主義で「極楽」というのはあるのだろうか。

入学時は、その極楽主義で、まあ何とかなるさ、と思っていたのだが、現実はそうは甘くなかった。

よく聞いてみると、大学最初の二年間は教養科目としてもれなく取らなくてはならない授業があるという。その中には、数学、物理、化学、生物といった理数系、自然科学系の科目がある。それらから、泣いても笑っても最低二科目は取らなければならない。

いまでも僕は、この教養課程というシステムは不要だと思っている。教養課程は高校までで十分。そこはクリアしているだろうというのが、大学の入学試験ではないのか。だから、大学では、特に学びたい科目に絞って勉強すればいい。やりたくもない、適応能力もない科目を履修しても、それは時間の無駄。

しかし、当時はこのシステムを受け入れるしかなかった。そこで、まったくできないことが明白な数学と物理は避けて、とりあえず化学と生物の履修を登録した。

大学生活になれてくると、どうしても身の入らない授業がある。その学問が面白くないというよりも、授業が面白くないという科目もあった。そうしたなか、もとよりこれはまったく興味がない、勉強する気もない、という科目があった。

「化学」である。仕方なく登録した授業であったが、もちろんまったくわからないのだから面白くないのは当然で、あくびばかりしていた。

そんなある日、化学の授業で糊《のり》をつくる実験というものがあった。僕はそんな実験には参加せず、退屈しのぎにアテネ・フランセの教材小説を読んでいたのだが、それを担当教授に見つかり、注意を受けた。

居眠りをするのは許すけれど授業を無視するような態度はやはりいけないらしい。

「そこの君。何の本を読んでいるのかね」

こういう本ですけど、と英語の小説本を見せると、とたんに怒りを抑えた冷徹な声が聞こえた。

「君は僕の授業をまともに受ける気がないようだね」

こう言われたとたん、普段から思っていることにスイッチが入った。

「はい、僕はジャーナリズムを勉強するために早稲田にきたんです。糊をつくるためにきたのではありませんから」

絵に描いたような売り言葉に買い言葉の展開である。

「あ、君の考え方はよくわかった。ただ、一生懸命糊をつくっている学生もいる。そういうまじめな学生諸君の邪魔になるから、君、即刻ここから出ていってくれたまえ」

「はい、わかりました。出ていきます」

僕は教室中の学生の視線を感じながら席を立ち、教室を去った。

「今回の人生では」大学を卒業しない

鞄《かばん》を持って席を立ち、化学の授業の教室を出ていく。後ろ手に教室の扉をしめながら、僕は考えていた。

——これで僕の学生生活は終わった。

授業以外の学生生活は楽しかったのだから、この時点で終わったのは「授業に出ること」、つまり、「単位を取ること」。それをやめたということは、イコール卒業放棄、早稲田大学卒という学歴をあきらめるということである。

この件に関しては、よくそんなにあっさり中退を決められたなとか、せっかく猛勉強して入ったのにとか、親も嘆くだろうにとか、何とか我慢できなかったのかとか、逆によくそんな覚悟ができたな、いい度胸だとか、いろいろな人からいろいろなことを言われた。しかし、僕には「我慢して」とか、「何とか卒業して」といった発想がない。それよりも、「今回の人生では大学を卒業しないというだけのこと」というように考える。

これは僕独特の人生哲学だと思う。たとえば、旅の行き先を決めるとき、パリにするか北京《ペキン》にするか考えてパリにしたときには、「今回の人生では北京はやめておこう」というふうに考える。

僕は実存主義者だから、「もし生まれ変わることがあったら」などとロマンチックなことを言っているわけではない。あくまで判断の方便として「今回の人生では」を使うのである。こういう判断をめぐる覚悟というのか、決断の背景というものが、すでに二〇歳前後で僕の中にできていたということだ。

大学入学早々、僕は道を大きく曲がってしまった。曲がった道の行き先は中退である。ということは、高校時代に前田先生がせっかく「学歴を持つのは無駄ではない」と説得してくれたことを、結果的に無にすることになった。

見方によっては、若気の至りと言えるかもしれない。しかし、いずれは出た啖呵だったと思う。やりたいことをやる。それ以外は時間の無駄。だから、いつかは言わなければならないと覚悟をしていたような「出ていきます」だった。

この一言が、僕の人生を決めたといってもいい。腕一本で生きていく、学歴に頼らない人生を覚悟すること。うっすらとではあったが、この覚悟の先にある僕の道の光と影を感じていた。

学業をすっかりあきらめた僕は、在学中に駆け出しのジャズ評論家になっていた。そして、卒業をあきらめたまま行く大学は、麻雀と俳句をやるところになっていた。

第五章　「希望」

「空白」と「伸び代」

僕は人生の大半を放送界で生きてきた。そして、その放送界での成功は、ここまで何度かあげてきたように、「一に幸運、二に英語」によるものと思っている。

大前提としては、子どもの頃の戦争体験や戦後の必死の生活などがある。大変なことも多かったが、その後の社会の大変革も含め、全体としては大変恵まれた時代を生きてきたというふうに考えている。

食べたいものも食べられなかったし、命の危機さえあった戦中戦後も、逆の意味で良かったとも捉えることができる。

僕たちの子どもの頃には、それこそ天地が逆になるような価値の大転換があった。それまで神だった天皇は実は人間だったということになり、それまで鬼畜米英と言って殺すべき敵だったアメリカ人やイギリス人が今日から最も親しい友人だということになった。

要するに、小学校で教わったことはすべて嘘、ということになった。

すべてがチャラ。もっと言えば、マイナス状態。そこから、僕流に言うところの「ものすごい空白」が心の中に生まれた。しかし、その「ものすごい空白」は、のちに「ものすごい伸び代」に変わった。空白、空っぽの領域がものすごかった分、あるいはマイナスだった分も含めて、伸び代の部分がものすごかったわけである。

そして、これは、僕だけのことではなかったようだ。日本人のみんなが、とりわけ若者たちがそうであった。世の中の構造自体も、そうだったと思う。

真っ白なだけに、何がそこに描かれるかわからない。それならば、自分が好きなことを好きなように描いてみようか。そこから何が生まれるかわからない。でも、何かが生まれそうだ。そのことだけは確かだった。

現在の子どもたちの状況を見ると、知識は僕たちの子どもの頃に比べて格段に豊富だと思う。いろいろなことをいろいろな人が教えてくれる。しかし、もう自分が経験していなくてもほとんど現実がわかってしまっているのではないか、とかわいそうにもなる。

どうせ、高校を出て、どこかの大学に行って、苦労して就職して、一生懸命働いて、さて……という人生を子どもの頃からイメージしているのではないだろうか。人生の道をみっしりとカリキュラムだらけで決められている。知識はあっても伸び代がどこにもない。知識は多いかもしれないが、かえって伸び代がない。そんな感じがする。

一番気になるのは、そこに、希望という文字がどこにも見当たらないような気がすることである。

絶望こそ希望の母

伸び代、希望。これをもっと僕たちの少年時代の気持ちに即して表現するとすれば、「飛びたい」ということだったのではないか。

価値観がひっくり返った。何なんだよ、これは、という気持ちは、絶望に近かったかもしれない。何しろ、それまでの自分の精神状態がすべて否定されたのだから。

その絶望がどういうものだったのか。具体的に言えば、敗戦から一年ほどの間、僕には記憶がない。まさに、真っ白な「空白」があるだけだ。

そして、時間の経過とともに次第に正常な感覚を取り戻すにしたがって、その空白を一気に埋めたいという気持ちがこみあげてきて、それが何でもいいから自由に飛びたいという思いにストレートに結びついていった。いわゆる、逆バネである。

できっこないのに飛びたい。

たとえばアメリカに行きたいというのもそうだ。現実にはすぐにアメリカに行けるわけがないのに、でも行きたい。つまり、飛びたい。「飛びたい、飛びたい」。これは僕だけでなく、僕の世代の人間みんなの気持ちだったと思う。

「飛びたい」がそのうち「きっと飛べるよ」になり、何でもできそうな気がしていた。それだけ、社会にも空白が多かったのかもしれない。

だから、革命家になるもよし、やくざになるもよし、裸一貫、町工場から大企業を夢見るもよし、プロ野球や大相撲のスターを目指すもよし。何でもなれそうだし、何でもできそうだった。

そうしたなかで、立派な先生に恵まれて、現実をきちんと教えられ、大学進学を勧められ、そして、ひょんなことで合格したのに、せっかくのその大学を中退してジャズ評論家になってしまった大橋某という若者がいた。

そのことも、この空白の時代、伸び代だらけの時代が背景にあったからこそと言ってもいいだろうと思っている。

僕も、社会全体も、この時代のことをこう総括していいのではないか。絶望こそ希望の母。白紙こそ飛躍の父。

英語とジャズこそ希望

価値の天地逆転が生んだ精神の空白状態は、そのまま精神のジャンピングボードになった。そのジャンピングボードに乗って、ポンとはずめば、どこまでも飛んで行けるような、伸び代がどこまでも続いているような、そんなわくわくするような時代でもあった。「飛びたい」と思えば、誰でも飛べる。その気持ちを人は希望というのだろう。

僕の場合、「飛びたい」という気持ちがある程度具体的な夢に結びついた。アメリカに行くために英語を身につけたいということである。

もちろん、敗戦までの小学生時代は、英語は敵性言語ということで、野球用語まで禁止された。同じく、ジャズも敵性音楽というわけで、聴くことが禁止された。

戦後は一転、英語が世界で一番通用している言語ということになった。街にはアメリカ人が闊歩《かっぽ》するようになった。外国人といえば、アメリカ人。これから日本を支配するのはアメリカ人。そのことがリアルにわかった。

だから、単純だが、これからは英語の時代だ、ということで僕は英語熱に取りつかれることになる。そうして、高校二年の後半から語学学校のアテネ・フランセに通い始めたのである。

その英語熱の誘い水になったのがジャズだった。

最初にジャズを聴いたのは、もちろん戦後のこと。軽音楽好きの叔父が戦時中に我が家に置いていったSPレコードの中にジャズやハワイアンなどの曲があった。それまで軍歌しか知らなかった僕は、その新鮮な響きに感動した。

もっと聴きたい。でも、僕にレコードを買う金などあるわけがない。そこに強い味方が現れた。在日米軍の、いわゆる進駐軍放送（現在のＦＥＮ）である。このラジオ放送を聴き始めて、僕は本格的にジャズにハマってしまった。

ボイスレコーダーはおろか、テープレコーダーもない時代だ。ラジオから流れてくるFENに耳を傾け、流れてくるジャズの曲名と歌詞を紙に書き取った。しかし、きちんと聴き取れるわけがない。したがって、誤記だらけだけれど、その頃の日記を見ると、驚くべき数の曲名を書き取っている。

青春真っただ中、「飛びたい」、「アメリカに行きたい」大橋克巳君は、米軍の放送を聴くだけでもアメリカとつながっていることがうれしかった。いま、アメリカではこういう曲が流行ってるんだ、という同時代感覚に興奮した。あの「テネシーワルツ」のヒットも、この米軍の放送で知ったのだった。

そして、ハマればハマるほど、曲紹介をするFENアナウンサーが何をしゃべっているのか知りたくなる。歌詞の内容も、もっと詳しく知りたくなる。やっぱり、英語だ、英語を勉強したい。勉強しなくちゃ。

僕の中に、希望が生まれた。簡単に言えば、このジャズにハマったことと、アテネ・フランセでの英語の勉強が、のちのちの僕の幸運につながっている。

少々の才能と、大いなるやる気

僕たちの青春時代には、食べものはろくになかったけれど、希望があった。

とにかく戦争が終わった。戦争で死ななくてよかった。空襲で焼き殺されなくてよかった。爆撃で吹き飛ばされなくてよかった。

僕たちは生き残った。米軍機の機銃弾に追い回されることももうないだろう。どう見ても、悪いことは全部終わった。そういう感覚がリアルにあった。

もちろん、疎開先から戻った東京は焼け野原、特に大橋家があった両国あたりはまったくの焦土。でも、その焼け野原の中から金属を拾い出して廃品回収をやって生きている人がたくさんいる。闇屋で食いつないでいる人もいる。

下を向けば絶望的だ。でも、前を向けば希望があった。

心の空白を一気に埋めるように、何でもやってやろうと思った。やろうと思えば何でもやれそうな時代だった。

一方、社会のほうも空白が多かった。だから学生でもいっぱしのジャズ評論家の看板をあげることができた。いまのように、社会の役割分担が何もかも決まっていて、人数的にもびっしりと詰まっているというような状況ではない。

少々の幸運と才能、それに大いなるやる気があれば、誰でもチャンスがつかめた。たとえば、僕の場合、一〇〇〇曲ほどの英語の曲の歌詞を知っているということで、草創期のテレビ番組で訳詩の仕事が次々と舞い込んだ。

それはもちろん、アテネ・フランセ時代から米軍の放送を聴いてジャズの歌詞の書き取りなどをしていた「やる気」が呼び込んでくれたラッキーではあったと思う。何の努力もないところに、そうそうラッキーさんはやってこない、というのも永遠の真実だ。

いまの時代ならインターネットで「テネシーワルツ」と検索をかけるだけで、歌詞もメロディも瞬時に出てくるし、そんな作業は中学生でもできる。だから、一〇〇〇曲ぐらい英語の曲を知っているという程度では、仕事のオファーは絶対にこない。

しかし、僕たちの時代は、英語の曲一〇〇〇曲の知識があるということだけで仕事になった。チャンスがつかめた。あとは、その幸運を生かす、大いなるやる気。ここが勝負どころだった。

つまり、自分の人生の夢をかけて勝負ができる。それができることこそが、希望だった。

とりあえず面白そう、で十分だ

とりあえず面白そうだから。動機はこれだけで十分だった。

早稲田の新聞学科で一緒だった連中を見ても、四〇人ほどの卒業生のうち、新聞社に行ったのは半分ほど。あとは出版社に放送局。このあたりはまだわかるけれど、俳優座に入ったのもいるし、家業を継いだのもいる。あるいは、三菱電機や沖電気、京成電鉄に入った奴もいて、どうしてあいつら新聞学科だったんだろうと同期会の笑い話にしている。きっと連中も、とりあえず新聞学科って面白そう、ということだったのだろう。

それくらい選択肢の幅が広かった。広くても、ちょっといい加減でも、何とかなる、という思いがあった。

こういうと、あまり現実的ではないようにとられるかもしれないが、それは逆で、早くから自分の進路を何かに絞ってしまうほうが現実的ではなかった。むしろ、夢と希望にかけて、そちらに邁進《まいしん》するほうが思いを実現できる道のように思えていた。

先に、精神状態が真っ白、ものすごい空白が心の中にあったから、逆にそれがジャンピングボードになった、思い切りやりたいことをやろうという気持ちを育んだ、と書いた。それは個人だけではなく、社会全体も同じで、戦後の世の中は「大人」が少なくて隙間《すきま》、つまり空白が大きかった。だから、何をやってもその空白が許容してくれそうだったのである。

たとえば、学生の僕が「ジャズ評論家になりたい」と言って手をあげると、「それじゃ、やってみるかい」と書かせてくれるような音楽雑誌があった。ただし、四〇〇字一枚で原稿料はわずか一〇〇円。食うため、と考えれば、これほど効率の悪い話はない。

昭和三〇(一九五五)年頃の一〇〇円が、現代のどれくらいなのか判然としないが、二〇〇〇円になるかならないかといった感じではないだろうか。だから、四〇〇字五〇枚を書くというのは大変な作業だが、それくらいこなしてやっと現在の一〇万円弱。注文が少なければ推して知るべし。

同じ頃に声がかかり始めたジャズ喫茶の司会がワンステージ二〇〇円。これが一日五ステージで、計一〇〇〇円。これが月一〇回ほどあって一万円になる。その他、一番ギャラが良かったのがつき合いのあるジャズメンに頼まれてやる米軍キャンプでの演奏の司会で、二、三〇〇〇円になる。ただし、これもいつもあるわけではない。これが当時の僕の収入の現実だ。

この現実を前にしたとき、もっと利を求めようと思えば他の方法があったはずである。僕の場合は、父の会社に勤めるという選択肢もあった。

でも、そうではなくて、安い原稿料、安いギャラでもジャズ評論家であること、ジャズ喫茶の司会者であることのほうを選ぶ。夢と希望のほうを選ぶ。そういう、良き時代だった、ということである。

良き時代、というのは、何もかも恵まれていたということではない。現実に、金がない。食うに困った。けれど、人間としてまともに生きている、自分の判断で生きることのすべてを賭ける。食うには困っても、人間として、いい時代だった、ということである。

「巨泉」の名で求めた自己表現

敗戦後、一時的にあった精神的な空白、というのは、戦前の軍国主義にマインドコントロールされた心と脳を正常に戻すために必要なワンステップだったのだと思う。

何しろ、皇国少年、軍国少年として洗脳されていた頃は、当然のことながらワンパターン思考。お国のため、天皇陛下のため一辺倒。お国のため、とは何か。なぜ我々の上に天皇という存在があるのか、などということを考える回路が遮断されていた。

この先脳から解き放たれると、今度は何でもいいから個人としての「自分」というものを表現したくなる。お国のため、から自分のためへの転換である。空白を埋めるように、そうした自己表現の欲求も激しくなる。

僕の場合、そうしたときに出会ったのが俳句だった。戦後、両国に帰ってきて日大一中に入った僕は、楽しい中学時代を送りながら、近所のホトトギス系の俳人と知り合い、俳句をつくるようになった。俳句は小学生の頃からつくっていたが、本格的にやるようになったのはこの頃からである。

本格的というのは生意気かもしれないが、生意気ついでにいえば、巨泉という俳号、俳句での名前もこのときに自分でつくった。

アイデアが泉のように湧いてくるように、そしてその泉は大きいほうがいい、というのが「巨泉」の本意だが、巨については、大ファンだった巨人、ジャイアンツの巨の字をつけたかったということもある。

そうして、中学生俳人大橋巨泉君は、毎月の町内句会に欠かさず顔を出すようになった。指導者がホトトギス系なので、当時の句は花鳥諷詠《ふうえい》だが、そうして巨泉名での俳句の道がここから始まり、早稲田大学俳句研究会で現代俳句に出会うまで続いていく。当時つくった俳句を見ると、けっこう多作だった。

高校時代には、この町内句会の縁で知り合った近所の青年たちの同人誌にも参加。最年少同人になって、俳句だけでなく小説や評論めいたものも書き始めている。とにかく、「書くという自己表現行為」にのめり込んでいたようだ。

いま振り返ってみると、書くという自己表現行為に、僕は自分のアイデンティティを求めていたのだと思う。

アイデンティティ。自分が自分であることの証明。自己の存在証明。ひょっとしたら、巨泉という俳号も、克巳という親からもらった名前とは別の、「自分が自分であるための名前」が欲しかったのかもしれない。

僕が少年の頃からずっと求めていたものは、「他の人とは違う何か」だったのだと思う。そのための自己表現である。その方法の一つが俳句であったということだ。

早稲田大学俳句研究会では、現代俳句に没入した。一方で人間探究派といわれた加藤楸邨《しゅうそん》の人間臭さと抒情性《じょじょうせい》にも惹かれて、楸邨主宰の「寒雷」に入会。よく楸邨先生のお宅での句会にも出かけたし、結社誌「寒雷」の発送作業なども手伝った。

その頃よくお目にかかったのが楸邨先生の高弟で、いまや現代俳句のシンボルのような存在になった金子兜太《とうた》さんである。

早稲田大学俳句研究会の部長、安藤常次郎教授も僕の人生に影響を与えてくださった恩師である。先生のモットーは「早大俳句研究会は、どの流派や傾向にも偏らず、俳句を愛するすべての早大生に門戸を開いている」というもの。したがって、伝統的花鳥諷詠派から社会主義的リアリズム系、無季不定形のシュール俳句まで、種々雑多の学生「俳人」が集まっていた。

このことは、それまで伝統的な花鳥諷詠一辺倒だった僕にとっては一種のカルチャーショックで、たくさんの刺激を受け取った。もしこの会が、一つの流派、一つの傾向しか認めなかったとしたら、僕の俳句生活はその時点で終わっていただろう。

「流派やスタイルに関わりなく、良いものは良いし、悪いものは悪い」。この安藤教授の姿勢は、その後の僕のものの考え方に大きな影響を与えてくれたのだった。

二年後、寺山修司という一つ年下の男と早稲田大学俳句研究会の新人歓迎句会で出会った。そこで僕が選んだ幾つかの句を詠み上げると、そのほとんどに「すーず（修司）」と名乗りを上げる津軽訛《なま》りの男がいた。寺山修司。天才だった。

議論もしたが、こういう才能が俳句をやる限り、俺などは到底及びもつかない、と自覚もした。そして、僕は俳句をやめた。

ただし、「巨泉」という俳号は、その後も生き続ける。ジャズ評論家のペンネーム、放送作家のペンネーム、そして「野球は巨人、司会は巨泉」などと豪語する人気タレントの芸名となって日本国中に知られることになり、何と国政選挙で投票用紙に書いていただくことにさえなってしまったのは、ご承知の通りである。

好きな講義はさぼらない

卒業はあきらめたが、大学には行っていた。俳句と麻雀の日々ではあったが、その中でいまでもつき合いを続ける友人ができた。

大学卒という学歴を得るために、つまりただ卒業に必要な単位を取得するために、あの眠くなる経済学原論や、化学で糊をつくる勉強をするよりは、友人をたくさんつくったほうがいい。そう考えていた。

父は四年間は授業料を払ってくれるという。まだ、卒業放棄、中退覚悟の件は伝えてはいないが、ありがたいものは親の脛である。

そうして、三年になっても、好きな授業だけは出席を続けていた。もともと僕のイメージでは、大学とは自分の好きなことを勉強すればいい、というところだった。結局、そのようになったわけだ。

一番好きな授業は、新聞学科の木村毅先生の新聞発達史だった。先に、僕には人生の中で先生と呼ぶ方が三人いると書いたが、ここまでお二人、作家の山口瞳先生と高校時代の前田治男先生のことは紹介してきた。最後の三人目の先生が、この木村毅先生である。

木村先生は元毎日新聞の記者ですぐれたジャーナリスト。なおかつ、ノンフィクション作家でもあり、何より立派なリベラリストだった。僕は、先生の講義には万難を排して出席した。

明治以降の日本帝国主義の権謀術数と、それを阻止できなかったジャーナリズムについて、先生に教わったことは僕の心血となっている。僕が現在発言していることの大本は、みんな木村先生に教わったものといっていい。

先生は常々、強権政治は決して長続きしないこと、強権政治を阻止するのは勇気あるジャーナリズムであることを説いておられた。

たとえば、どうして戦前の日本人の心が軍国主義にコントロールされてしまったのか。こういうテーマのとき、先生は必ず「わしらが悪かった」とおっしゃった。学生たちに

「わしら新聞記者が軍部を怖がって、本当のことを書かないで、大本営発表ばかり書いていたからそうなった。君たちには、同じ轍を絶対に踏んでほしくない」と、切々と訴えた。

講義の中で僕はよく先生に質問し、先生も僕を可愛がってくれた。先生は、早稲田の新聞学科の後輩に、良き新聞記者になってほしいと願っておられたのだと思う。僕はといえば、先生の講義が終われば、悪友たちの待つ麻雀屋に一直線という学生であったのだが。

僕はとっくに新聞記者の道はあきらめていた。俳句で身を立てるかという思いも、寺山修司という天才の存在を知って、捨てた。あとは、ジャズ評論家になるしかない。なるしかない、と言いながら、それは僕の希望の道でもあった。

後日談を一つ記しておこう。僕がテレビの世界で成功したあとのこと。木村先生が次のようなエッセイを書いていることを新聞記者になった友人が知らせてくれた。

「よく世間では大橋巨泉は早稲田の落第生で遊び人のように言われているが、そんなことはない。大橋君は二年の間、一度も私の講義をさぼったことはないと思う」

僕は、知らせてくれた友人に先生には僕の学生生活の真実は伏せておいてくれと頼んだ。先生のせっかくの好イメージをあえてこわすこともないのだから。そして、新聞記者にはなれなかったけれど、僕の中には先生の教えがきちんと生きているのだから。
いまでも木村先生の柔和な笑顔が浮かんでくる。立派な先生であった。

第六章　「前進」

切り替えて、とにかく前を向く

大学卒という学歴を捨てる。そう思ったとき、「今回の人生では大学卒業はやめた」というふうに考えた。

この「今回の人生では……」という考え方を僕は様々な場面で活用しているが、実はいろいろな意味が込められている。

一つの意味は、何かを選択する場合、捨てたものへの未練を残さない、ということ。たとえば、言い方としては、今回の人生では新聞記者になるのはやめたとか、今回の人生では俳人になるのはやめておこうといったことになる。

この言いまわしをストレートに受け取れば、それじゃあ次回の人生というのがあるのか、という話になるだろう。

しかし、僕は実存主義者だから、いまの人生の他に別のものがあるとは思っていない。だから、この言いまわしは、あくまで気持ちを切り替えるための方便である。

ただ、元来、捨てたものへのあきらめはいいほうなのだが、「今回の人生では……」と言うと、なぜか、さらにさっぱりする。面白いものだ。

ひょっとしたら、ねちねちしないという下町コードが形を変えて出処進退の判断の仕方に出てきているのかもしれない。

言い方を否定形ではなく肯定形にすることもある。「今回の人生では、こっちを選ぼう」という言い方である。そうすると、すっきり前を向ける。前に向かって進んでいく力が湧いてくる。こちらは面白いというより、不思議と言ったほうがいい。

この「今回の人生では……」という言い方をみなさんも大いに活用されてはいかがかと思う。多分、気持ちを切り替えるときにくよくよしなくてすむはずだ。すっきり気持ちを切り替えて、前を向くことができるだろう。

振り返ってみると、どうも僕の好きな言葉や好んで使う慣用句には、この切り替え系や前向き系のものが多いようだ。

たとえば「人間万事塞翁《さいおう》が馬」もそうだし、「人間は過ちをおかす生きものである」もそうだ。

前者は、「世の吉凶禍福は転変常なく、何が幸で何が不幸かわからない」ということだから、こだわってもしようがないという切り替えの名言だろう。後者は、そのまま受け止めればいい。これほど切り替えをスムーズに進めてくれる言葉もないだろう。

龍馬のような「前向き」人生

さらに、切り替えて、前向きでいこう、というので好きな言葉に「人間到る処青山《せいざん》あり」がある。青山とは墓場のことだから、人間はどこで死ぬかもわからないが、自分のしたいことをしたのならどこで死んでもいいではないか、ということだ。つまり、いま置かれている状況が不遇に思えたとしても、嘆くことはない、やりたいことをやりぬけということだ。僕の大好きな言葉である。

これについては、最近は、いろいろなところに活躍の場はあるんだよ、活躍の場のイメージを広げて、頑張れ、というふうに取られていることが多いようだ。僕は、もはやどちらでもいいと思っている。ただし、くれぐれも青山をアオヤマと読まないように。

こういったニュアンスの好きな言葉、フレーズをもっと幅を広げてあげるとすれば「来る者を拒まず、去る者を追わず」、「一期一会」、「上がったものは必ず下がる」などもそうだろう。

あるいは「人生は一局の将棋なり　指し直すこと能《あた》わず」などもこの範疇《はんちゅう》に入るだろうか。

いずれにせよ、僕はこういった言葉に励まされ、ときに頼りにしながら、それぞれのポイントポイントでパッと切り替え、後ろを振り向かず、いつも前を向いて進んできた。

簡単なフレーズでまとめれば、「後ろを振り返らない」人生を僕は送ってきたといえるだろう。本当に、自分でも信じられないような、超前向き人生だった。

そういえば、僕は現在、高知県の観光特使を仰せつかっていて、「リョーマの休日」なる観光コピーも考案した。

高知、土佐といえば、何はともあれ坂本龍馬。空港も高知龍馬空港という。その龍馬と「ローマの休日」をかけたこの観光コピー、自分でも名作だとひとり悦に入っているのだが、いまでも高知県関係の広報でよく使われているので、きっと読者のみなさんもご存知のことだと思う。

その坂本龍馬にも、こんな超前向きな言葉が伝えられている。

「もし倒れることがあったら、たとえドブの中でも前向きに倒れたい」

多くのみなさんが大好きな龍馬だが、僕も幕末の人物の中では西郷隆盛と坂本龍馬、この二人の人間としてのスケールの大きさには感服している。僕も、倒れるときは前向きに、でいきたいものだ。

当然だが、世間には厚くて高い壁がある

さて、今回の人生では大学卒業をやめ、新聞記者になるのもやめ、ジャズ評論家になることにした大橋巨泉の人生は、その後、順調に推移したのだろうか。

ともあれ、駆け出しのジャズ評論家として前を向いて歩き出したのは、大学二年のときだった。昭和二八（一九五三）年頃のことである。

そして、その意志の向かうところ、門戸は広く開かれていた。どの世界も、戦後のどさ

くさの中、人材が不足していたのだろう。そのことは僕らの世代にとって大いなるラッキーだった。

一応、なにがしかの原稿を書いてわずかながら原稿料というものをいただくというところまでは、割合苦労なく進むことができた。これは、けっこううまくやれるかな、と思っていた。ところが、実はそこから先に、厚く大きな壁があった。やはり、あるレベルまでくると、どの世界にも人材はいるのである。

ジャズ評論の世界でも、そうだった。あるところまできてあたりを見回してみると、大先輩、大先生、大御所、こういった人たちが綺羅星のごとく輝いていた。

野口久光、野川香文といった戦前からのベテラン、戦争から帰ってきた牧芳雄、河野隆次、油井正一、久保田二郎……。こういった人たちが朝日、読売、毎日といった全国紙から「スイングジャーナル」のような専門誌まで、音楽時評の紙面やレコード評の欄をがっちり押さえている。

さらに、ギャラになりやすいレコードのライナー・ノート（LPレコードのジャケット裏面の解説）などにしても、すでにコロムビアもビクターも、すべて先輩たちの堅固な陣地が築かれていて、僕たちのような新人が入る余地がない。これは大変だ。まさに、厚く、高い壁だった。

慶応出身のいソノてルヲ君と早稲田中退の僕が若手のジャズ評論家として売り出し中だったのだが、先輩たちの壁の前に「これでやっていけるのか」という切実な思いが胸を去来した。この仕事をやりたいという人は多いけれど、需要はそれに見合うほど多くない。そういう現実に気がついたわけである。

昭和二〇年代後半から三〇年頃にかけて、ジョージ川口さん、中村八大さん、小野満さん、松本英彦さんの「ビッグ4」とか、鈴木章治とリズムエースとかいった人気バンドを中心とした大変なジャズブームがあった。

ただそれは、ジャズブームとはいえ、実態はいまのジャニーズブームのようなことで、人気バンドが出るコンサートには花束とサイン帳を持った女子学生が押しかけて、ワーワーキャーキャー、大騒ぎであった。

それは、僕たちが評論の対象と考えていたマイルス・デイビスやジョン・コルトレーン、ソニー・ロリンズの世界ではない。だから、大人気のジャズといえば、仕事があふれている世界のように見えても、現実にはジャズ評論の需要はそれほど多くはなかったのである。

ラジオ、テレビという新世界とのつながり

壁が高ければ、どうするか。壁が低いところを探せばよい。壁が厚ければ、どうするか。壁の薄いところを見つければよい。これは、きわめて現実的な対応策だが、基本的には直感的なものだったと思う。直感的にいろいろなことをやった。

僕は、まず、ラジオの世界に入り込もうと考えた。

ラジオ放送といえば、当時の家庭における娯楽の中心だったわけだが、放送局は戦前からNHKしかなかった。それが、民放の開局ブームとなって、たとえば東京では昭和二六（一九五一）年にTBS、二七年に文化放送、二九年にニッポン放送が次々とスタートしたのだった。

そうしたなか、たとえばTBSには「イングリッシュ・アワー」という深夜番組があって、三國一朗さんと志摩夕起夫さんが日替わりで担当していた。僕は、この番組の、いま

でいうところの追っかけをやった。

その頃は毎日新聞社の六階あたりに小さなスタジオがあったのだが、そこへ夜中の零時頃になると毎日詰める。そして、なけなしの金で買ったアンパンやカステラを差し入れとして、スタジオに入れてもらう。そうやって、ディスクジョッキーというものはどうやってやるのか勉強した。

もちろん、金にはならない。差し入れがあるから、むしろ持ち出しだが、これは将来のためと考えた。

それともう一つ、新しい表現の世界が始まった。テレビである。昭和二八（一九五三）年、日本初の民放テレビとして日本テレビがスタートした。早稲田の二年生で駆け出しのジャズ評論家だった僕は、この局にはよく出入りした。ジャズ評論家の先輩、藤井肇さんが日本テレビに音楽部長として入社したからである。

権威あるジャズ研究団体であり、またジャズ評論家の親睦団体でもあった「ホットクラブ・オブ・ジャパン」で知己を得ていたが、あるとき、この「ホットクラブ」の案件で藤井先生の代役を振られたことがあって、そのお礼にと日本テレビのスタジオ見学に招待された。

テレビ局自体がまだ物珍しかった時代、スタジオ見学は僕にとっても刺激に満ちていた。その後も、日本テレビでジャズ番組があるとき、「見にきませんか」と誘われた。そういうことが何回か重なるうちに、玄関の守衛さんとも顔なじみになるし、スタジオでは副調整室にいるディレクターたちとも仲良くなっていった。そして、そのディレクターたちに、ジャズの話をした。

そうこうするうちに、そうしたディレクターの一人であった井原高忠さんがつくる「ニッケ・ジャズ・パレード」の訳詩の仕事を頼まれることになる。まず、僕の英語力が買われたようである。

その英語力は、高校・大学時代に通ったアテネ・フランセで養われたものだが、思えば授業がすべて英語で、という厳しい指導をしてもらったおかげである。

あらゆる質疑応答も、「先生、おしっこ」というお願いも、すべて英語でやらなければならなかった。引っ込み思案が多い日本人にとっては、こういうのは大の苦手である。先生に指名されない限り、みな黙っている。

そこへゆくと僕は、根が出しゃばりの母の血を存分に受け継いでいる。同じ月謝を払って黙っているのは損とばかり、次々と手をあげては質問する。間違って直されたりしても、まったくひるまない。

僕に言わせれば、間違っていて当たり前なのだ。間違わないようならば、学校へ行く必要はない。間違いを直されて、初めて入学した意味があると信じているから、バンバン手をあげるのである。こんな男だから、すぐに目立ってしまうのだが。

ともあれ、そうして身についた英語力がここでも生きて、新しい仕事に結びついた。

それと、この「ニッケ・ジャズ・パレード」という番組に関しては、僕がスタンダードジャズを数多く知っていることも評価されたようだ。

高校生の頃から米軍放送を聴いて必死で歌詞を書き取ったりしたことが役に立った。好きこそものの、と言うが、その頃には一〇〇〇曲以上の歌詞を自分のものにしていたと思う。これが僕の財産となったのである。

この「勉強」は実に面白い

とにかく、仕事を探す。稼ぐためには必死になる。一つ一つの仕事のギャランティをいまでも覚えているのは、その必死さをリアルに証明している。

日本テレビのジャズ番組で訳詩の仕事をすると、週に四〇〇〇円のギャラになった。これで、月に一万六〇〇〇円。大学卒の初任給が平均一万三八〇〇円とか言われていた時代。銀座のカレーハウスのカレーが七〇円の時代。月に一万六〇〇〇円は大きかった。

ある程度満ち足りた社会に生きるいまの若者たちには、なかなかわかりにくいだろう。それは仕方のないことではあるが、僕たちは稼ぐのが楽しかったのである。なぜ楽しいか。いつものカレーライスより、ワンランク上のものが食べられるから。ウィスキーなら、トリスよりサントリーの白が飲めるから。

要するに、ご飯を食べるために、生きるために、仕事をする。ここに働くことの喜び、面白さの根本がある。だから、食えるか、食えないか、という超貧乏ではあった、そういう時代ではあったけれど、非常に面白かった。

なぜ面白かったのか。それは、毎日が発見の連続だったからである。自分で仕事を発見する。仕事のやり方を発見する。そういう毎日であった。

テレビ番組に提供する訳詩の仕事そのものは、僕にとっては簡単だった。「来週ペギー葉山が四曲歌う。曲はこれだ」という注文があると、手持ちの歌詞の中から当該の曲を探し、訳して日本テレビに届ける。あとは局がテロップをつくる。これだけだ。

しかし僕は、この仕事をそれだけにしなかった。当時はすべて生放送だが、放送当日、僕はスタジオに行き、副調整室に入れてもらった。

スタジオ全体を見渡せる位置にある副調整室にはディレクター、スイッチャー、音声、照明、効果などのスタッフが詰めている。そこは、スタジオのカメラから送られてくる映像をコントロールして放送する映像をつくる場所である。そのための機器、スイッチやレバーが並んでいる。いわば、テレビ制作の操縦室だ。ただ、基本的に訳詩の仕事をする人間がいる必要はまったくない。

なのに、僕はなぜ副調整室に入れてもらったのか。そこにいたかったのは、なぜか。理由は、テレビ番組というものが放映されるメカニズムを知りたかったから。テレビ放送制作の原点を知りたかったからである。

具体的に言えば、司会者がしゃべるときにはこのマイクのスイッチをオンにする。オンにするにはカフをあげる。オフにするには、こっちのカフを下げる。あるいは、ライトの具合をどのように調整するか。照明がうまくいかなければ、テレビはないも同じ。こういったことは基本中の基本、専門家には簡単なことだろう。

しかし、僕には大いに勉強になった。何の勉強か。将来、この僕がテレビの台本を書く仕事、放送作家というものになったときのための勉強である。なれるかどうかわからないのに、である。

「○○さん、いま押したボタンは何？」

「これ？　これは音声」

僕がなぜそんなことを訊くのか、などということは気にせず、その気のいいスイッチャーさんは喜んで教えてくれた。

最新式のテープレコーダーの前に座っているおじさんにも訊く。

「それは、何ですか?」

「効果音を出すんだよ」

職人肌の効果担当さんだった。

「ローレン、ローレン、ローレン……ローハーイド」と歌声があって、ディレクターが4、3、2、1、パンとタイミングをとってキューを出す。

「パシーンッ」

いいタイミングで鞭を打つ効果音が入る。

みんな、プロの仕事、見事なものだった。

いまならコンピュータですべてプログラミングしておくものだろう。しかし、その頃はすべて手づくりだったと言っていい。その手づくりの「生」を、学生の僕に気安く見せてくれた。おおざっぱと言ってもいいような、大らかな時代だった。

僕には、すべてが勉強だった。そして、この勉強は、実に面白かった。

仕事が「楽しみ」なら人生は楽園である

ロシアの文豪、ゴーリキーの言葉にこういうものがある。

「仕事が楽しみなら人生は楽園だし、仕事が義務なら人生は地獄だ」

僕は日本テレビをきっかけに、他のテレビ局にも顔を出すようになった。そこで出会ったプロデューサーやディレクターからいろんな注文がきた。いろんなことをやらされた、と言ってもいい。それを、僕は全部喜んでやった。何でもやった。

ああ、この仕事はこういうふうになっているんだ。この世界はこうなんだ。毎日が発見だった。発見があるから、面白かった。面白いから、楽しかった。ゴーリキー流に言うならば、僕は楽園にいた。

いまやっている仕事が自分の将来の何に役立つのかわからないような仕事もあった。でも、役に立つかどうかなど、わからなくてもいい。面白いからやっている。それだけで十分だった。

僕だけでなく、テレビ業界のみんなが面白がっていたのだと思う。面白くて、楽しくて、時間がいくらあっても足りない。

いまの若者はどうだろう。みんな、いつでもどこでもスマホを見つめ、その画面に指を走らせているように見える。何をやっているのかと確かめると、ゲームなのだ。何という時間の無駄かと思う。「時代が違う」と言ってしまえばそれまでだが、いかにも、もったいない。

僕はゲームと推理小説が嫌いだ。なぜならば、その楽しみの大半である「謎」や「ハラハラドキドキ」の世界は、誰かがつくったものでしかないからだ。結末も、それをつくった誰かの手の内、というのが面白くない。

一番面白いのは、一寸先がわからない世界。展開がどうなるかわからない流れ。ギャンブル的かもしれないけれど、僕の二〇代前半の仕事の現場というのはそういう世界だった。ただ、暗中模索、五里霧中の状況でもがいているようでいて、何か確実に前進しているぞという実感があった。

三國一朗さんや志摩夕起夫さんといった先達の追っかけと差し入れから始まったラジオ

の世界とのコンタクトは、ＴＢＳラジオの音楽番組のディスクジョッキーに起用されるというところまではたどり着いた。

日本テレビの副調整室に潜り込んで勉強させてもらったテレビの世界では、構成作家への道が開けようとしていた。

「天にも昇る気持ち」を知っているか

ここで僕の本筋の仕事である文筆活動、ジャズ評論の世界の展開にも触れておきたい。

実は、昭和三〇（一九五五）年、早稲田に籍を置いたままでジャズ評論家をやっている若者は、ある若手女性ジャズヴォーカリストと恋に落ちていた。そうこうするうちに、両国の実家に帰るより、彼女の家にいるほうが多くなった。

彼女の名前をマーサ三宅という。

前年の暮れに出会った二人は、ジャズ評論家でジャズ喫茶の司会者をしている男が新進のジャズ歌手を指導するという形で時間を共にしているうちに、特別な感情を持つようになっていったのである。

昭和三一（一九五六）年、僕は最初の結婚をした。共に二三歳という若いカップルだった。そのこともあって、僕は生活の安定を求めざるを得なくなった。

ジャズ評論家とジャズ歌手という不安定な生活より、どちらかに定収入があったほうがいい。彼女の要請があって、父の会社に就職することになったのである。

中野の自宅から両国の父の会社へ通勤。月給は三万円。ほかに比べて決して低い数字ではない。原稿は自宅に帰ってから書く。

しかし、半年もたたないうちに、僕の中にフラストレーションがたまってきた。一時は父の会社を継いでもいいかな、と思ったこともあったが、やはりその仕事には興味が持てない。僕は、サラリーマン生活に終止符を打ち、音楽一本で生きていく決心をした。

妻にも、父にも、僕のわがままを通させてもらった。そして、わがままで選んだ最終的な選択肢だから、死んでも成功してみせると誓った。こうなったら、ジャズ評論だけでなく、音楽に関わる仕事なら何でもやってやろうと思った。池間仙也《いけませんや》などの別名で書きまくったのも、その頃のこと。

結婚して三年め、マーサ三宅は売れ始めていた。必死の共稼ぎの中で長女、美加が生まれた。僕は、さらに必死で稼ぎに向かった。

実力者の先輩たちが綺羅星のごとく並ぶジャズ評論の世界は、僕たち若手の本格的な参入を簡単には許さなかった。新聞、雑誌はもちろん、レコードのライナー・ノートの執筆も、なかなかうまくいかない。コロムビアやビクターといった大きなレコード会社は相変わらず先輩たちががっちり押さえていた。

そうしたとき、東芝レコードが発足した。大手レコード会社としては後発だが、僕たちにとっては新しい仕事場に思えた。そして、その東芝の若手ディレクターだった二荒芳忠さんからオファーがきた。

「スイングジャーナル」誌に書いていた僕のジャズヴォーカル論を高く評価してくれ、これから東芝レコードから出すジャズレコードのライナー・ノートに大橋巨泉を起用しようと考えてくれたのだった。

「とりあえず、今度フランク・シナトラのＬＰを出すんですが、そのライナー・ノートを書いていただけませんか」

「はい！　もう、他の誰にも書けないようなものを書きます！」

天にも昇る気持ちで、僕はこう答えていた。

天才の反対側で生きて

僕はいまでも、ときどき思うことがある。父のあとを継げば、小さいながらも会社の社長だった。それを、わざわざやめて、何を好き好んで進駐軍まわりまでしたのかと。

本書の読者もそう思うのではないだろうか。

自分で稼ごうと思ったとき、「俺はジャズ評論家だ」などとかっこをつけたことを言いながら、その実態は、いまの言葉で言えばフリーターのようなものだったのである。

でも、いまでも僕は父のあとを継いで社長になるより、きっと進駐軍まわりのほうを選ぶだろうと思う。なぜか。面白いからだ。どうやったら受けるか、それを考えるのが面白い。受けたらギャラが増える、それが面白い。

いま、パラサイトシングルとかニートといった言葉とともに、若者が働かない、という話を聞く。多分、ある程度満ち足りた社会になって、欲というものがなくなったのだろう。食べなきゃいけない。食べるためには何でもいいから働かなければならない。そういう時代ではないのはわかっている。

あるいは、何かやろうとしても何もかも細分化されて先が見えている社会の中にあって、一種のあきらめのようなものが欲のなさにつながっているともいえるだろう。

だから、そういう時代の若者に対して、きちんと働けよ、と叱咤《しった》激励しても逆効果になるだけかもしれない。

ライフスタイルとワークスタイルが多様化し、組織と個人の関係が様々に議論されていることも十分承知している。

しかし、である。もうちょっと自分のやりたいことを追求したい。もうちょっと面白いことをやりたい。もうちょっといい収入を得たい。シンプルに、そう考えたことはないのかな、と思う。

僕は、人と違うことをやりたい、ということを常に考えていた。それをやりきることが一番面白いと考えてきた。そう考えることが、前を向く力の根源だった。

そうして、ジャズ評論家から放送作家になり、放送作家からテレビの表に出る側に移り、司会者になりタレントになった。自分で人気番組をいくつもプロデュースしてきた。すべて、面白いこと、人と違うことをやりたい、という気持ちから出たものばかりである。

変な言い方かもしれないが、僕は天才の反対側にいる人間だと思っている。なぜならば、僕には才能というものは何もない。歌がうまいわけではない。踊りがうまいわけでもない。芝居ができるわけでもない。ただ、台本なしでもしゃべれるというだけ。

そういう男でも、人と違うことをやりたいという気持ちと、多少の運に恵まれれば何とかなる。そういう例の一つとして大橋巨泉の人生を受けとめてもらえれば本望だ。

就職難のため、五〇社も一〇〇社も試験を受けて、それでもうまくいかないという学生の姿をニュースなどで見るとかわいそうでならない。あるいは、仕事の行き詰まりなどを理由に自ら命を絶つ人が先進国の中で日本が最も多いという。

やる気があっても、その機会が与えられない社会が、本当にいい社会だろうかと思う。ただ、ひょっとしたら、仕事というものをものすごく狭い範囲で考えているのかもしれないな、と感じることがある。

学校を卒業して、就職する、何か仕事につく、というときに、自分が望んでいた天職につける人など、一〇〇万人に一人しかいないだろう。

そう考えれば、あまり自分をがんじがらめにすることもないし、就職のことぐらいで人生の勝者だとか敗者だとかいった思いを持つ必要もない。僕の人生を振り返っても、様々なきっかけや出会いによって、仕事の形が変わっていった。

これしかない、という仕事など、そうはない。ただ、何かやれば、何とかなる。誰かが何とかなって、誰かは何ともならない、ということはない。みんな、何とかなる。

本当にそれが自分に向いていることかどうか、自分に向いたことをやっているかどうかは、問題ではない。それは、誰もが探していることだし、一生探し続けることなのだから。

人生のスタンダード

さて、ものごとにはキリがある。本書も、そろそろ結論に入ろうとしている。

僕が、あとに続くみなさんに伝えたかった結論、それは、「切り替えて、前を向く」ということ、もっといえば「それでも、前を向く」ということである。

この「それでも、前を向く」というのは、僕の人生のすべてを貫く基本姿勢といっていい。そして、そのことを語るために、第一章から第六章まで、人生の様々な場面でのいいエピソード、あるいは出会ったいい言葉について書いてきたつもりである。

人生は一回きり。後ろばかり見て生きてもしようがない。人生、前を向く以外にない。そのことを支えてくれるのが、たとえば、若い頃のギャンブル生活から得た「人の運の総量は決まっている」とか「幸運も不運も一つところに留まらない」とか「運の無駄づかいをしない」といったコンセプトになるだろう。

そのことによって、不遇のときも自分を支えることができたし、切り替えて前を向くことができた。みなさんも、ツイてない、不運ばかりだと思う必要はない。すぐに明日、事態は好転するかもしれない。前を向いている限り。

こういうコンセプトは僕だけではなく、多くの人の人生に活用できるものだろうと思う。いうならば「人生のスタンダード」。ジャズにスタンダードナンバーがあるように、誰もが「そうだ、それはいいよね」と受け入れることができる普遍性のあるものごとの判断の仕方ということになるだろうか。

そういう判断の基軸という意味では、僕は父に最も影響を受けたといっていい。第三章を中心に、父、大橋武治の名言を紹介してきた。

「働かざる者、食うべからず」、「自分のやりたいことは、自分が稼いだ金でやれ」、「親子なんて、たまたまそうなっただけだ」、「兄弟だ、親戚だって、甘ったれるんじゃねえ」、「半人前の男に金をやったらロクなことはしねえ」などなど、父の言葉の数々は僕の血となり肉となっている。

徹底的な現実主義者。自分があって初めて世界との関係が成立するという実存主義者。「神風って言ったたって、B29の爆弾はその上から降ってくるんだよ」という現実主義者の言葉は子どもの心に深く突き刺さった。

あるいは、僕の人生の中の三人の先生の言葉。「学歴は持っていて悪いものではない」と進学を勧めてくれた前田先生。「権力者のすることを疑え」と教えてくれた木村毅先生。「ものごとには両面があるんだよ」と言って判断の奥義を教え、「臆病者と言われてもかまわない。人を傷つけたり殺したりするよりはよほどいい」と非戦の心を伝えてくれた山口瞳先生。

僕にとっての人生の「師」に共通するものを考えてみると、それは三つある。一つは「平和と自由」を守るということ。もう一つは「権力におもねらない」ということ。そして三つめは「個人に根ざした合理主義・現実主義」。これらはすべて、僕の人生のスタンダードになっている。自分の頭で考える個人の自立なくして、社会も国もない。

金子みすゞの「私と小鳥と鈴と」という詩に「みんなちがって、みんないい」という一行があるけれど、こういう世界観が僕は大好きだ。

最後に、早世した母が僕に残してくれた「健康の大切さ」というコンセプトも人生のスタンダードの一つにあげておきたい。命を拾うかどうかといったギリギリのところでは、冒頭に記した「運」が作用するかもしれないが、自分でできる範囲ということでは「健康」こそ、「前を向く力」のエンジンだと言っていいだろう。

そして、この項の締めくくりに、とても使い勝手のいいコンセプトを改めて記しておきたいと思う。

それは、何事かを判断するときに「今回の人生では」という前提条件をつけること。第四章で書いたように、僕は「今回の人生では、大学を卒業しないことにした」し、五六歳で「セミ・リタイア宣言」をしたときも、この「今回の人生では」という前提条件を判断のバネとした。

ぜひ、みなさんも「今回の人生では」とつぶやいてみてほしい。すっと気持ちが整理できて、素直に、元気よく前を向くことができると思う。

あとがきにかえて

「空気」が人を殺す

日本国民の大半が「そんなこと言って、大丈夫なのか?」と思った安倍首相の「放射性汚染水は完全にコントロールされている」発言もあって、二〇二〇年に東京でのオリンピック開催が決まった。

しかし、安倍首相のその発言は、世界中から疑念の声があがったように、彼の頭のなかの空想、妄想、あるいは実体のない言葉遊びとしか言いようのない部分がある。

ほとんどの人が感じていることだと思うが、彼の発言は「誰かに言わされている」感が否めない。しかし、操り人形のようにセリフを言っているうちに、本当に彼が、自分が言っていることを信じてしまっているといった様子も見て取れる。

こういう状態を、人は「洗脳」というのだけれど、ご本人はひとりで高揚状態にいるようだ。何か、あぶなっかしい。そう感じているのは僕だけではないだろう。

僕など、結局、放射性汚染水のみならず、原発そのものへの対応が世界の批判を浴びて五輪開催返上ということになるのではないか、と思うし、返上ではなくても、あのソ連のアフガン侵攻後のモスクワオリンピック以上のボイコットが出るのではないかとも思っている。

それよりも何よりも、たとえば南海トラフによる広範囲の大震災などが起こる心配が現実にある。あるいは、まさかとは思うが富士山大噴火とか……、杞憂《きゆう》であればよいが、もしそうなったら、オリンピックどころではなくなるだろう。

しかし、二〇一三年秋の国会における安倍首相の演説は、アベノミクスとかいう単純な経済政策による、経済成長に関わる話ばかりで、国民の安全や福祉に関するテーマはすっかりどこへやら、といった内容であった。

ともあれ、現況の日本には東京オリンピック開催決定によって、東日本大震災の復興やフクシマ原発のリアルな危機など「そんなもの、あったの?」というような、浮かれたような気分、いうところの「空気」が流れている。

日本人は、この「空気」に弱い。実に弱い。ほとんど単一民族の単一文化で、異物を排除するムラ社会で生きてきた、僕たち日本人の弱点とも言える特性である。

すでに、「東京オリンピック反対」の声をあげにくくなっている現実がある。

そうしたなか、「二〇二〇年東京オリンピック開催決定」にともなって、昭和三九（一九六四）年にやった前回の東京オリンピックも話題になっている。しかし、実はそれよりもさらに以前の、戦前の昭和一五（一九四〇）年にも東京オリンピックが開かれる予定だったことは、あまり知られていない。

昭和一一（一九三六）年の「ヒットラーのオリンピック」と言われたベルリンオリンピックに続いて、昭和一五（一九四〇）年にアジアで初めてというオリンピックが東京で開催されることになっていた。しかし、昭和一二年から中国との戦争が本格化してオリンピックどころではなくなり、東京オリンピック開催を返上したのだった。

その代わり、昭和一五年、この年は日本独自の紀元で言えば二六〇〇年なのだ、世界に冠たる長い歴史を持った国なのだ、ということで国民的な一大祝賀大会が開催された。

よく、隣の半島の国で国民を動員した大イベントの大マスゲームや大軍事パレードなどをやっているけれど、僕は昭和一五年の靖国神社から神保町にかけて九段の坂を埋め尽くしながら下りてくる何万人もの大提灯行列のことをいまでも鮮明に覚えている。

その年に全国民が歌った「紀元は二六〇〇年　ああ一億の胸は鳴る」という歌は、いまでも歌える。僕と同世代の人は、みなそうだと思う。

まさに、熱狂を超えた大熱狂。日本は、ほんとにすごい国だ。天皇陛下は「現人神《あらひとがみ》」といって生き神なのだ。わが大日本帝国は神の国だ。九段坂の大提灯行列の灯の洪水を見て、そんなふうに僕は感動していた。

この気持ちもまた、僕だけでなく、同じ世代の子どもはみな感じていたものだと思う。

何だかわからないうちに、そんな空気になっていく。世界最強国のアメリカと戦争したって負けやしないんじゃないか、という気分が高揚していく。「死んでも構わない」という「空気」が支配的になる。

いったんそうなると、それは違うんじゃないか、と言えないような「空気」になる。空気が人を殺す、ということだ。

一方で、国もそういう指導をし、強権的に思想弾圧をし、特高警察や憲兵隊が恐怖政治を支えていく。違う考えの者は殺してもいいから排除する、というところまでいく。

文化のジャンルを見ても、最終的には、敵性音楽だというのでジャズも禁止になって「上海バンスキング」に描かれたような状況になる。スポーツジャンルでも野球も禁止になって最後の早慶戦のような悲しいエピソードが生まれることになる。

これはもう、「第二の鎖国時代」というべき状態で、世界の情勢や日本が客観的にどういうことになっているのかといった情報がほとんど入ってこなくなる。入ってこないというより、封鎖されている。だから、いわゆる「夜郎自大」で、自分たちだけで自分たちは何てすごいんだ、他はバカで弱虫で、と言って一人悦に入っていることになる。最近話題の「ヘイトスピーチ」などに熱中している連中などは、まさにその典型だろう。

いま考えたら滑稽《こっけい》で、信じられないような話だけれど、軍国主義、全体主義的な社会になってしまうと、先にあげたジャズや野球まで禁止するようなバカバカしいことがまかり通ってしまうから怖い。

しかし、そうした恐ろしい社会をつくるのもまた、国民の「空気」なのだということを忘れてはいけない。

自己犠牲を強いる空気

僕の小学校の先生も、戦地に行く途中空襲で死んだ。近所のおじさんたちも「万歳、万歳」の声に送られて出征していったけれど、生きて帰ってこなかった人もずいぶんいた。こうした人々の大半は、本当は戦争なんかしたくなかったのだと思う。死にたくなかったのだと思う。家族も、決して喜んで彼らが戦場に行くのを見送ったわけではない。僕は、先生の奥さんが泣いているのをこの目で見ている。

しかし、ときに国の意志は、個人に自己犠牲を強いる。そして、その自己犠牲の極みが、ひとりひとりの国民の「命の提供」ということになる。その一番わかりやすい形が戦争である。

僕は、ひとりひとりの命、それぞれの意志が一番大切だと信じているから、この「強いる」というのも大嫌いだし、自己犠牲による死を賛美するのにもとうてい賛成することはできない。

ただやっかいなことに、「国」や「権力」がそうしろ、と言わなくても社会全体の「空気」によって自己犠牲が強いられることがある。

たとえばオリンピック。オリンピックは本質的には個人参加が建前の国際スポーツ大会だが、現実的には国家的なイベントになっている。

そして、オリンピックに出場する選手は国の代表ということになり、「日の丸を背負う重さ」といったようなコメントが連発される。

こういった「空気」によるプレッシャーが一人の前途有望な選手を追い詰め、死に追いやったことを、僕は思い出す。前回の昭和三九（一九六四）年の東京オリンピックのマラソンで銅メダルを獲得した円谷《つぶらや》幸吉選手のことである。これが、日本人選手が陸上種目で揚げた唯一の日の丸であった。

スタジアムの中で後続の英国選手に抜かれて三位になった円谷選手は、称賛の声とともに、もう少しで銀メダルだったのに、という聞こえない声、「空気」を感じたのだと思う。いわゆる、国の代表、日の丸を背負うプレッシャーである。

次のメキシコオリンピックへと向かう時間の中で、彼は最終的に自死を選んでしまった。そのときに残された彼の遺書を、僕は涙なしに読むことができない。

「父上様　母上様　幸吉は、もうすっかり疲れ切ってしまって走れません」

この遺書の冒頭に、「三日とろ、美味しうございました」といった、彼の生まじめな人柄と家族に対する心情がうかがえる文章があって、あの三島由紀夫も独自の解釈で共感を寄せていたけれど、僕には三島とは違う思いがあって、いつ読んでも涙を誘われる。

結局、円谷幸吉という、本当にまじめすぎるほどまじめな若者に、戦後二〇年近くたった時点でも、戦前と同じように「国」を背負う自己犠牲を強いる結果となった。このことに、僕はかなりの衝撃を受けたのだった。

早稲田大学在学中俳句研究会に属していた頃につくった一句に次のようなものがある。

浴衣着て戦争《いくさ》の記憶うするるか

これは、戦後まだ一〇年もたっていない頃、ついこの間まで「お国のため、天皇陛下のために死ぬ」と言っていたのに、ちゃらちゃらして何だよこれは、といった気分を反映させたものであった。こういった皮相な部分でコロコロ変わるのもまた日本人である。

しかし、社会の底流では、「お国のために」、「自己犠牲」という精神構造はちっとも変わっていなかった。結局、日本という国はそういう国なのか。個人の自立はないのか。円谷幸吉自死から受けた僕のショックは、そういうやりきれなさからきたものだったと思う。

この件があった当時、僕はテレビの人気番組「11PM」の司会をやっていたのだが、番組の中で「たかがオリンピックじゃないか」と発言した。かなりの覚悟で発言したものだが、「命を懸けるなら、国よりも個人を大事にしようよ、オリンピックも個人の才能と努力を競い合うものなんだぜ」というメッセージを込めたつもりである。

このときは、センセーショナルなコメントとして扱われ、賛否の強烈な議論を巻き起こした。それから五〇年近くたっても、「たかがオリンピックじゃないか」という僕の基本的なスタンスは変わっていないし、日本の社会の底にある自己犠牲を強いる精神構造もまた変わっていないと思う。

「おもてなし」まで強いられてはたまらない。「おもてなし」やら「絆《きずな》」やらは、「自発」

でこそ人の心に届く。それが世界標準。キャンペーンをするものでもないだろう。

「考えること」こそ力である

自己犠牲を強いる「空気」の醸成は、オリンピックだけではない。たとえば踏切に入り込んだ老人を助けようとして亡くなった女性がいた。テレビや新聞でも大きな話題になった。そして、自らの危険も顧みず人を助けようとしたという美談となった。

これに政府が乗った。表彰までした。しかし、と僕は思う。

その女性が亡くなられたことには大いに同情する。ただ、その行為については政治家ならば「鉄道の遮断機が下りている踏切には入ってはいけません。それは罰せられる行為です」とまず言うべきではなかったかと思う。

何よりも、本質的に踏切は鉄道優先の考え方に貫かれている。そうではなくて、まず人間優先。つまり、高架式か地下にして踏切をなくす、といった方策を早急に実施すべきではないか。

自己犠牲的な行為を政府が旗を振って賛美するより、僕のような冷静な見方をすることのほうが日本の社会には必要ではないかという気がする。あの菅義偉《すがよしひで》官房長官のコメントや表彰状の真意は何だろうと思ってしまう。

話が少しずれるかもしれないが、自分たちの代表である総理大臣が外国にまで出かけて行って、世界に向けて「放射性汚染水は完全にコントロールされている」などというまったくのまやかしを言っても、あるいは「特定秘密保護法」などという恐ろしい法律を多くの国民の反対を無視して成立させても、国民は必死の抵抗というものをしない。

それは、物が満ち足りているから。食うに困らないから。こうやって食えていれば、まあいいか。もう少し景気が良くなれば、まあいいか。難しいことを考えてもしようがないし。まあいいか。

この「まあいいか」によって国民は次第にものを考えなくなる。そのうちに「特定秘密保護法」の秘密があれこれと増えて、国民は情報を遮断されていく。限られた情報の中で、ますます考えなくなり、逆にマインドコントロールされていく。洗脳されていく。

戦前の「皇国少年」、「軍国少年」だった僕は、自分で考えるということができないような頭にされていた。

戦後、日大一高で、前田治男先生という素晴らしい恩師に出会い、デカルトの言葉を教わった。「我思う。ゆえに我あり」。まさに、目からウロコ、だった。

自分という存在は、自分の頭で考えるからこそ自分である、ということ。人は、考えなくなったらおしまいだ。「考えること」こそ力である、ということだ。

僕は、あのマインドコントロールされた日々の不幸を思った。逆に言えば、考えないことこそ、罪だと言えるかもしれない。僕の子どもや孫の世代まで含めて、日本人が「考えない」国民にならないことを願う。

このデカルトの言葉を教えてくださった高校時代の恩師前田治男先生、早稲田の新聞学科で、「情報の真実」について教えていただいた木村毅先生、「ものごとは一方から見るだけではダメだ」ということを教えてくださった作家の山口瞳先生。僕の人生における「先生」に共通するものは平和主義、リベラル、そして、声高ではない、ということである。

いま、木村先生の「情報の真実」や山口先生の「ものごとの両面」という論点を思い出すにつけ、テレビや新聞の情報の出し方の変化に敏感にならざるを得ない昨今である。

また、インターネットで飛び交う「情報」なるものの玉石混淆《こんこう》ぶりにはあきれ返るというよりも、恐ろしさまで感じてしまう。玉石の「石」どころではなく、はっきりいって意図的な「毒」まで含まれているのだから、人類は「パンドラの箱」を開けてしまったと思わざるを得ない。伝説の通り、毒蛇や毒虫がぞろぞろと這《は》い出してきた。

こういうときだからこそ、前田先生、木村先生、山口先生の教えをいまいちど確認しつつ、自分の頭で考えることを続けなければならないと思う。

全部を取ろうとしてはいけない

最後に、改めて両親と妻のことにも触れておきたい。僕は父大橋武治から最も多くの影響を受けているといってよい。この父もまた、平和主義者であり、個人主義者、実存主義者、そして「前世も後世も信じず、お迎えがくるまで現世を楽しむ」が口ぐせの、徹底的に現実に即した判断をする人だった。

早世した母大橋らくからは、健康でいることの大切さを学んだ。健康を損ねて早まったことになると、母から「バカだねえ、お前は。お母さんが身をもって示したことを守らなくて」と叱《しか》られるような気がした。それよりも、「お母さんのおかげで長生きできたよ。本当にありがとう」と言いたいと思う。そのほうが、絶対母も喜ぶだろう。

生活全般、特に健康に関しては、妻の寿々子に大感謝している。典型的なB型人間（実は、大橋家の兄弟姉妹は五人全員B型なのだが）でわがままな僕をよく支えてくれた。

これからも、二人で楽しく明るく、日本、カナダ、ニュージーランド、オーストラリアでの「ひまわり生活」を送りたいと思う。僕の人生の後半は「セミ・リタイア」のコンセプトに基づいている。「ひまわり生活」は、その実践というわけだ。

このセミ・リタイア生活の中で、北米人から学んだ言葉がある。"You can't have everything." つまり、「全部を取ろうとしてはいけない」ということ。「独占するなかれ」、「譲るところは譲れ」ということだ。言いかえれば「人生、そこそこでいい」ということか。これまた、人生の、とりわけ人生後半のスタンダードとしては非常に意味の深い言葉だと思う。

本書は、僕の「人生のスタンダード」を書くことで、後輩のみなさんの何らかの助けになれば、と思って始めたことである。しかし、八〇年生きてもまだまだ学ぶことは多い。

そして「運」も、まだまだ残っていそうだ、と実感している。この分なら、もう一勝負、二勝負、できそうだ。前を向こう。

緊急ガン手術——それでも前を向く

大多数の読者は、すでにご存知のことと思う。本書を書き上げた直後の二〇一三年一一月、僕の扁桃腺に新たなガンが発見された。正式には中咽頭《ちゅういんとう》ガンという。

まったく自覚症状はなく、頬杖をついてテレビを見ていて偶然しこりのようなものに触れたわけだが、精密検査の結果は何と、「ステージ4―A」とかなり進行していることがわかった。すでに周りのリンパ節にも転移していた。ただ日本人の二人に一人はガンという時代なので、病室にパニックはなく、冷静に対処できた。

国立がん研究センター頭頸《とうけい》部腫瘍科の松本文彦医師のチームは、転移したガンは手術で廓清《かくせい》、扁桃腺にできたガンは放射線治療と、てきぱきプランを立ててくれた。対ガン療法も日進月歩で、いまや「何でも切る」という時代は終わっており、放射線や抗ガン剤や他の科学的療法と併用しながら行っているようだ。

特に僕の場合、このガンはもともとウイルスの感染によるものなので、手術より放射線のほうが、ずっと効果があるという。「完治するのですか？」という僕の質問に、三八歳の松本医師は簡潔に「完治します」と答えてくれた。

トントン拍子に事は進み、一一月二一日に手術、一二月一〇日から放射線治療は始まっている。しかし、この放射線の副作用の辛いのには参っている。具体的に言うと、まず口内炎の痛みである。舌の右側に火傷のような口内炎がすぐでき、これが痛い。どうしても食物が通るところなので、触れても触れなくても痛いし、触れればもっと痛い。

次に口中が乾きまくる。声も出なくなる。唾液が出てくれればいいのだが、やたらネバネバした液が出るだけで、うっかりするとのどが詰まりそうになる。人間にはサッパリとした唾液とネバネバした液が出る管があって、サッパリ系が放射線でやられるので、ネバネバ系だけになるらしい。声はかすれて小さい声しか出ない。

八年前に同じ国立がん研究センターで胃ガンの手術を受けたとき、モルヒネのお世話になった。痛いところがあれば、モルヒネで和らげることができる。モルヒネは痛くないのに使うから、麻薬中毒になるのだ。今回も二週間ぐらいで出していただいた。ただ前回とは痛い場所が違うので、即効性のある薬と、長時間効果があるものを併用している。

もともと前向き人間の僕だが、ガンも二度目になると、向き合い方も変わってくる。八年前は初めてだったし、初期ガンだったので、対決(手術)して、退治するという感じが強かった。まだ七一歳だったし、気合十分だった。今回は少々違った。手術派の僕が放射線を選んだのには、「QOL(クオリティ・オブ・ライフ)」、つまり「生活の質」への考慮が強くなっていた。

もしすべてを手術ということになると、嚥《えん》下力《げりょく》の低下、誤嚥《ごえん》の危険、味覚の喪失、変化などの可能性も指摘された。特に自分の足(腿《もも》)から皮膚、神経、筋肉などを咽頭部に移植して補強する必要があるという話を聞いたときは、正直、「そこまでして生きたくない」という気持ちになった。治療が終わればまもなく八〇歳、日本男子の平均寿命は超えることになる。

いままではたいてい"You can't have everything"がキーワードになってきた。今回も同じスタンスに変わりはない。ただ、口内炎や嚥下力、味覚の喪失などと闘いながらの生活は、正直言って八〇近い老人には辛い。治療はいまちょうど半分に差しかかったところだが、「虹の彼方」にあの刺身や天ぷらの味が帰ってくると信じながらの毎日である。

自分では想像もつかないであろう夫の味覚を想像しつつ毎日キッチンに立つ妻の気持ちを考えながら、重い箸を運んでいる。この山を越えたらその先に何年かあって、いよいよお迎えがきたら、「君と夫婦になれて良かった。生まれ変わったらまた結婚しようね」のセリフを言いたい一心である。

最後に、本書の刊行にご尽力いただいた編集工房鯛夢の谷村和典さん、編集の加藤真理さん、集英社新書の樋口尚也編集長に感謝の意を表して、筆をおきたい。

二〇一四年春

大橋巨泉

大橋巨泉（おおはし きょせん）

一九三四年、東京生まれ。タレント。早稲田大学政経学部新聞学科中退。ジャズ評論、放送作家などを経て、『11PM』『クイズダービー』など多くの人気番組の司会を務める。一九九〇年、セミリタイア宣言。二〇〇一年に民主党から参院選に出馬、当選するが、安全保障問題などで執行部と対立し辞職した。著書に『366日 命の言葉』（ベスト新書）などがある。

それでも僕《ぼく》は前《まえ》を向《む》く

集英社新書〇七二九C

二〇一四年三月一九日 第一刷発行
二〇一六年八月二七日 第二刷発行

著者……大橋巨泉《おおはしきょせん》
発行者……加藤 潤
発行所……株式会社集英社
東京都千代田区一ツ橋二-五-一〇 郵便番号一〇一-八〇五〇
電話 〇三-三二三〇-六三九一（編集部）
〇三-三二三〇-六〇八〇（読者係）
〇三-三二三〇-六三九三（販売部）書店専用

装幀……原 研哉
印刷所……凸版印刷株式会社
製本所……加藤製本株式会社

定価はカバーに表示してあります。

ISBN 978-4-08-720729-3 C0210 Printed in Japan

a pilot of wisdom

哲学・思想――C

a pilot of wisdom

実存と構造　三田誠広
空《くう》の智慧、科学のこころ　ダライ・ラマ十四世／茂木健一郎
小さな「悟り」を積み重ねる　アルボムッレ・スマナサーラ
科学と宗教と死　加賀乙彦
犠牲のシステム　福島・沖縄　高橋哲哉
気の持ちようの幸福論　小島慶子
日本の聖地ベスト100　植島啓司
続・悩む力　姜尚中
心を癒す言葉の花束　アルフォンス・デーケン
自分を抱きしめてあげたい日に　落合恵子
その未来はどうなの？　橋本治
荒天の武学　内田樹／光岡英稔
武術と医術　人を活かすメソッド　甲野善紀／小池弘人
不安が力になる　ジョン・キム
冷泉家　八〇〇年の「守る力」　冷泉貴実子
世界と闘う「読書術」　思想を鍛える一〇〇〇冊　佐高信／佐藤優
心の力　姜尚中

一神教と国家　イスラーム、キリスト教、ユダヤ教　内田樹／中田考
伝える極意　長井鞠子
それでも僕は前を向く　大橋巨泉
体を使って心をおさめる　修験道入門　田中利典
百歳の力　篠田桃紅
釈迦とイエス　真理は一つ　三田誠広
ブッダをたずねて　仏教二五〇〇年の歴史　立川武蔵
「おっぱい」は好きなだけ吸うがいい　加島祥造
イスラーム　生と死と聖戦　中田考
アウトサイダーの幸福論　ロバート・ハリス
進みながら強くなる　——欲望道徳論　鹿島茂
科学の危機　金森修
出家的人生のすすめ　佐々木閑
科学者は戦争で何をしたか　益川敏英
悪の力　姜尚中
生存教室　ディストピアを生き抜くために　内田樹／光岡英稔
ルバイヤートの謎　ペルシア詩が誘う考古の世界　金子民雄